RÉINCARNATIONS

DU MÊME AUTEUR, CHEZ LE MÊME ÉDITEUR

Incarnations, roman, 1990
Désincarnations, roman, 1991

Emmanuel Aquin

RÉINCARNATIONS

Une autodéigraphie

Boréal

Cet ouvrage a été publié avec l'appui du Programme de subvention globale du Conseil des Arts du Canada.

Conception graphique: Gianni Caccia
Illustration de la couverture: Stéphan Daigle,
à partir d'une idée originale de l'auteur
Dessin animé: Emmanuel Aquin

Dépôt légal: 3e trimestre 1992
Bibliothèque nationale du Canada

Diffusion au Canada: Dimedia
Distribution en Europe: Les Éditions du Seuil

Données de catalogage avant publication (Canada)

Aquin, Emmanuel
Réincarnations: roman
ISBN 2-89052-485-X
I. Titre
PS8551.Q84R44 1992 C843'.54 C92-096843-0
PS9551.Q84R44 1992
PQ3919.2.A68R44 1992

Ce livre est dédié à Katerine
et à moi-même, car je l'ai écrit, après tout.

Moi, un livre qui commence par une citation, je trouve ça prétentieux.

Emmanuel Aquin, Réincarnations

1

La journée s'annonçait mal. J'étais assis depuis plusieurs minutes, tentant à grand-peine de chier mon pain quotidien, mais des forces extérieures avaient décidé que cette grâce ne me serait pas accordée aujourd'hui.

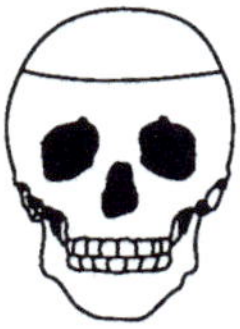

La lunette des cabinets me gelait les fesses, l'engourdissement allait bientôt atteindre ma poitrine. Tel le penseur de Rodin, j'attendais la naissance de mon bébé.

Dans le silence religieux des toilettes, le tic-tac de ma montre comptait à voix haute le temps qui passait; j'allais être en retard au bureau. Et avec quelle excuse! Vraiment, je ne pouvais pas attendre ainsi toute la journée que mes entrailles se décident enfin. Fermant les yeux, je serrai les poings et je bandai les abdominaux. Un râle s'échappa du fond de ma gorge, il résonna comme un pet dans une église. Mon ventre se durcit encore, mes oreilles se bouchèrent. Mes sourcils se rejoignirent et de profonds sillons creusèrent mon front.

Allez madame, poussez, je le sens venir. Allez, poussez, nom de Dieu! Je vois son crâne! Plus fort! Ho! Hisse!

Mes petits vaisseaux devinrent des artères, mes artères des lances de pompiers. Ma peau en fusion réchauffait maintenant la cuvette. Des gouttes perlaient sur mon front, coulaient le long de mon nez, sur mes lèvres, étaient avalées pour être suées de nouveau. Plus fort. Ma gorge grogna. Un petit effort, on peut voir la tête. La température s'élevait. Mes jointures blanchissaient, ma gorge brûlait, mes tempes bourdonnaient, mon cou se tendait, mes poings tremblaient, mais je poussais encore, plus fort, juste un petit coup, on y était presque. Le petit tentait de sortir, il était là, au seuil, reniflant l'air du dehors. Viens, mon chéri, viens voir papa, sors de là, petit enfoiré. J'avais une raideur dans le poignet, mes mâchoires étaient coincées, je sentais mes molaires écraser leurs plombages. Il n'y avait plus d'air dans mes poumons, ma poitrine était au bord de l'implosion. Partout autour de moi, j'entendais les battements de mon cœur qui criait sa douleur. Bientôt, bientôt.

La pièce commença à tourner dangereusement, je dus m'agripper à mon trône pour ne pas tomber. Ce n'était pas le moment! Mon regard s'était troublé, je n'étais plus très sûr de ce que je faisais. Pousser, je devais pousser, surtout ne pas m'arrêter, l'esprit est fort, la merde est faible. Ça y était presque, la tête était sortie, un dernier effort et tout serait fini!

— Bordel de monde pourri!

Ce cri sortit tout seul au moment où je larguais les amarres. Le lavabo alors vacilla et le sol se précipita vers moi avant que je puisse l'éviter. La collision déclencha un flash dont l'empreinte rétinienne mit du temps à s'estomper. Le cœur dans la

2

gorge, je râlai cinq bonnes minutes.

Alors, tranquillement, je me hissai sur les coudes. Ma tête était lourde, je n'entendais qu'un sifflement. Enfin, mes yeux recommençaient à voir clairement. Ma main tremblante prit appui sur le bord de la cuvette et je pus jeter un coup d'œil dans la pouponnière. Il était là, flottant comme une vieille branche. Un mort-né. Encore une fois. Le vingt-millième de mon existence. Tant d'efforts pour si peu.

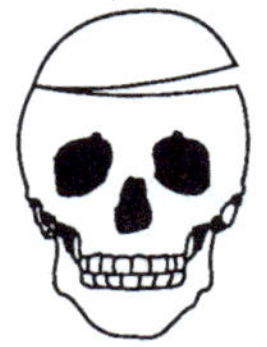

La gravité était plus forte que d'habitude. Ma poitrine menaçait d'éclater et mes démangeaisons étaient pires que jamais. J'allai d'un pas pesant m'étendre, me grattant partout. Quel corps pourri j'avais choisi comme habitacle!

J'entrai dans ma chambre la tête baissée, par réflexe. Je n'aurais jamais dû peindre en noir le plafond de cette pièce, ça me faisait l'effet d'une caverne. Je me laissai tomber sur mon matelas qui m'accueillit comme une grosse femme que j'avais connue autrefois. Puis, enfoui dans ses replis, je tentai d'apaiser mon vieux corps en lui promettant des semaines de congé, un jour, pas tout de suite mais bientôt. J'avais beaucoup de projets à accomplir, d'œuvres à créer. Je ne me souvenais plus vraiment lesquels, mais je savais qu'ils devaient être réalisés.

Couché ainsi dans les bras de mon lit chaud, à contempler l'infini au-dessus de ma tête, je repensais à cette grosse femme, celle qui m'avait parlé d'un écrivain qui, il y avait très longtemps, avait fait peindre en noir le plafond de sa chambre, afin de se coucher en admirant l'absolu. Venant de sa gorge rauque, libidineuse, cette anecdote m'était apparue alors d'une sagesse des plus profondes. Elle me la racontait sans cesse, cette histoire de plafond. À la fin, je ne faisais que regarder ses nombreux mentons s'activer lorsqu'elle me la débitait; ils ballottaient au rythme des paroles, résonnaient à l'écho de sa voix et en capturaient les notes les plus basses, les transformant en véritables secousses sismiques. Surtout le mot «noir». Sa bouche avait une façon de l'articuler, de le sculpter plutôt, qui me fascinait. Un plafond NOIR. Je lui faisais répéter souvent ce mot. NOIR. Il n'y avait qu'elle pour le prononcer correctement.

Hélas, je ne me souvenais pas de sa personnalité, bien qu'il me semble vaguement l'avoir méprisée. De toute façon, il y avait eu la chair pour me faire oublier sa personne, et Dieu sait qu'il y en avait eu amplement. Ses seins énormes, dont le mamelon pâle s'étendait sur une superficie sans fin, ses seins planétaires sur lesquels je pus jouir de l'exil le plus délicieux qui soit.

Étendu dans mon lit, les yeux grands ouverts sur le ciel ténébreux qui me dominait, je me surpris à avoir une érection. Il y avait longtemps que le sang n'avait pas circulé là-dedans, ça faisait presque mal. Mon cœur semblait tout à fait remis de ses émotions. Et mes sens se chargeaient de me faire revivre dans tous les détails visuels, tactiles, auditifs et olfactifs mes expériences les plus intenses avec ma walkyrie. J'eus d'autres palpitations et une curieuse sensation d'anticipation; mes papilles gustatives sécrétaient de la salive en grande quantité. Mon corps réclamait son dû. Il y avait si longtemps.

Tourmenté par ces images charnelles, couvertes de la poussière des décennies, désemparé par mon accouchement récent aux mille et une complications, je ne pus empêcher le plus bas de mes instincts de prendre le dessus. Mes doigts parcoururent un chemin presque effacé, où l'herbe avait repoussé, mais qu'ils n'avaient jamais vraiment oublié. Et au bout de cette route mal défrichée ils trouvèrent l'origine de mon trouble. Sans même me laisser le temps de réagir, ils s'emparèrent du manche à balai et commencèrent à me piloter là où je n'étais pas allé depuis une éternité, dans les bourrelets imaginaires d'un paysage du plaisir. Ma respiration se joignit au souffle rauque de la terre charnelle qui palpitait, entrecoupé des mots vulgaires qui résonnaient comme une chanson lorsqu'elle les beuglait. Oui, me disait-elle, retourne d'où tu viens, enfonce la porte de mes entrailles, navigue près de mon cœur, au fond de ma gorge, nage dans ma poitrine, roule-toi dans mon gosier. Viens, petit homme, laisse-toi emporter vers le large, laisse la mer t'avaler...

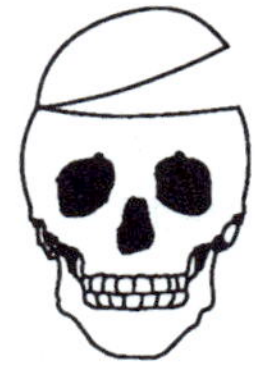

Au milieu de l'océan, je crachai une goutte de venin, puis vite-vite je remontai à la surface, ouvrant les yeux sur le plafond abyssal de ma chambre. Les replis lascifs avaient disparu, les entrailles aussi, ainsi que l'odeur de lait chaud. Plus rien que la froideur de la pièce, mon cœur qui palpitait comme au sortir d'un cauchemar et le souvenir que j'allais être en retard au bureau. Je pesais une tonne. Ma main était fatiguée, mon ventre était poisseux, ma montre comptait les secondes. Une, deux, trois... Elle ne s'arrêterait jamais. Mon esprit avait peut-être eu raison de mon rectum récalcitrant, mais il était d'une impuissance décourageante contre les bras des horloges. Pour être en retard, j'étais en retard. Et quand on commence à ne plus respecter son horaire, c'est le début de la fin.

En me levant je sentis une vague de culpabilité monter en moi. Comme un enfant qui vient de faire un mauvais coup, voilà comment je me sentais. Je reboutonnai mon pantalon en me dirigeant vers le portemanteau. J'avais l'impression que toutes les âmes du paradis m'avaient vu me masturber. La honte que j'en éprouvais me fit jurer que je ne céderais plus à cette dictature de ma libido. J'avais soixante-trois ans, un âge auquel on a d'habitude surmonté les obsessions de l'adolescence. Je mis mon imperméable et mon chapeau, pris mon attaché-case et sortis dans la pluie, sous le regard condescendant de mes ancêtres disparus.

3

Écrasé par le ciel, j'enfonçai mon chapeau pour mieux passer inaperçu. Plic-ploc, faisaient mes pieds sur le bitume aspergé.

Un coup à la poitrine me fit reculer d'un pas. Comme un poing invisible qui m'aurait percuté. La main au cœur, je jetai un coup d'œil inquiet autour de moi, mais j'étais la seule âme qui vive.

Ça y est, me dis-je. On me lapidait pour mon péché. Je me massais la poitrine quand un second choc me coupa le souffle. Une angoisse me tordit les entrailles: on me tirait dessus, comme sur un vulgaire président. Un troisième projectile me heurta.

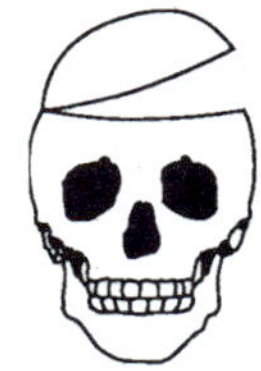

Je me jetai par terre, derrière un arbre, les mains sur la tête. J'avais été touché, mais je comptais survivre. L'assassin devait utiliser un silencieux. Ne jamais plus me branler, voilà ce que je me répétais sans cesse.

Quelques minutes passèrent sans que le tireur se manifeste à nouveau. Encore étendu dans la boue, j'inspectai minutieusement ma poitrine. Rien! Pas de trou, pas de sang. Juste le souvenir d'une brève douleur. Les balles n'avaient peut-être pas pénétré ma peau. Je devais probablement la vie à mon porte-monnaie ou à mon étui à lunettes.

Ébranlé, trempé, je me remis sur mes pieds, non sans inspecter les environs. Puis je courus jusqu'à l'arrêt d'autobus. Rien ne m'empêcherait d'aller travailler. J'avais une mission à accomplir.

S'il ne s'agissait pas de Dieu, qui pouvait m'en vouloir à ce point? Peut-être n'était-ce qu'une erreur. Quand il pleut autant, tous les imperméables se ressemblent. On m'aurait confondu avec un politicien ou un agent d'assurances.

Avec tout ça, mon retard s'était aggravé. Et, ce qui était pire que tout, j'avais manqué mon autobus; j'aurais donc à faire face à un nouveau chauffeur, à de nouveaux passagers aux visages étranges, inconnus, qui n'obéissaient pas au même horaire que moi. Des gens dont je ne voulais rien savoir. Je tournai le coin.

Un autobus attendait à l'arrêt, paralysé par un feu de circulation. J'accélérai le pas et je rejoignis le véhicule au moment même où le feu devenait vert. La porte s'ouvrit et je pénétrai dans ce repaire d'inconnus, protégé des balles invisibles.

Le chauffeur du bus me sourit. Il était jeune, assez beau, il avait des yeux d'un gris perçant. Son uniforme de la Société des transports en commun bien ajusté lui donnait fière allure. Son sourire débordait de dents parfaites. Je lui montrai ma carte d'abonné. Je n'avais pas de blessure apparente, mais peut-être valait-il mieux que je consulte un médecin. Je pris place, machinalement, sur la première banquette à la gauche du conducteur, comme j'en avais l'habitude. Je ne voyais pas ce que je faisais, j'étais trop absorbé par les événements. Et je sentais les âmes de l'Au-delà juger chacun de mes actes.

Bercé par l'autoroute qui menait à la ville, je pus fermer les yeux et ne penser à rien. Ou à presque rien. La pluie battait sur le pare-brise, et les essuie-glaces faisaient tic, tac, tic, tac. Je me sentis observé: je me retournai alors vers la gauche. Mes yeux tombèrent sur le visage de morue d'une petite vieille qui dodelinait de la tête. Ses grands yeux noirs fixaient le vide devant elle. La Branleuse!

La vue de cette vieille peau me réchauffa le cœur. Elle aussi, elle était en retard. Elle devait s'être sentie aussi déroutée que moi, la pauvre, de prendre ainsi un autobus inconnu. Pourquoi avait-elle manqué le 99 de neuf heures vingt-sept? Lui avait-on tiré dessus, à elle aussi? Je lui adressai un sourire qu'elle ne vit pas et, dans un regain de courage, je jetai un audacieux regard aux alentours, afin de me familiariser avec les mystérieux passagers du bus de dix heures huit.

Derrière moi, un petit vieux au sourire figé qui coulait un petit peu: l'Incontinent. Un peu plus loin, un bouquet de fleurs à la main, le Romantique. Et là, le Motard, aux multiples tatouages. Et le Prêtre. Ils y étaient tous! Tous les passagers du neuf heures vingt-sept avaient loupé l'autobus et s'étaient retrouvés dans le dix heures huit! Quelque chose ne tournait pas rond!

4

La cuisse me piquait et mes ongles ne pouvaient calmer cette démangeaison à travers mon pantalon. Quand j'étais nerveux, je me grattais. Et le bruit de mes ongles sur le tissu jurait avec le mutisme qui régnait normalement dans l'autobus. Jamais personne ne se parlait, dans le 99. C'eût été considéré comme obscène par les passagers. On connaissait tout des tics et des habitudes vestimentaires des autres, mais on ne connaissait généralement pas le son de leur voix. C'était comme ça depuis toujours, c'était une réalité que nous acceptions volontiers. En quête de repos, je me tournai vers la fenêtre.

Là au moins, les arbres étaient à leur place. Tous en rang, comme à l'inspection. Nous, pauvres humains, n'étions que des éphémères qui volaient à travers leurs branches. Nous volions dans le jardin de Mère Nature comme des bandits, piétinant au passage quelques fleurs et espérant passer inaperçus. Mais les empreintes de l'humanité étaient indélébiles, comme en témoignaient cette route et les carcasses d'animaux écrasés qui la jonchaient.

Dans un peuplier, près de la sortie n° 3, je crus distinguer un homme, camouflé dans le feuillage, une carabine à la main. Ce ne pouvait être mon assaillant invisible, il n'aurait pas eu le temps. Il s'agissait peut-être plutôt de son frère, ou de son cousin. Mais avec toutes ces feuilles, la carabine pouvait n'être qu'une branche, et l'homme un gros oiseau. J'avais sûrement rêvé.

L'autobus s'engagea sur une bretelle qui nous éloigna encore plus de l'oiseau-tireur, et nous parvînmes rapidement à destination, la ville, le monstre humain. Et, entre les dents du monstre, notre vaillant véhicule se faufila jusqu'à un édifice grisâtre, tristement décoré de gargouilles, qui abritait les bureaux d'un magazine littéraire, dernier bastion de l'intégrité artistique et de la critique éclairée. Mon arrêt. Je descendis.

Le chauffeur me sourit encore une fois. Je l'avais oublié, celui-là. Je m'ennuyais du conducteur habituel. Pas parce que je l'aimais particulièrement, non, mais parce qu'au fil des années, je m'étais habitué à lui. Avec un effort surhumain, je lui rendis son sourire. Après tout, je n'allais plus le revoir, celui-là.

— Bonne journée au travail, monsieur le Critique!, me lança-t-il.

Je crus tomber de ma cuvette. Où avait-il appris quel métier j'exerçais? Comment avait-il fait pour répéter exactement, mot pour mot et avec le même ton, les paroles que m'adressait d'habitude le chauffeur du neuf heures vingt-sept? Surpris, je répondis machinalement:

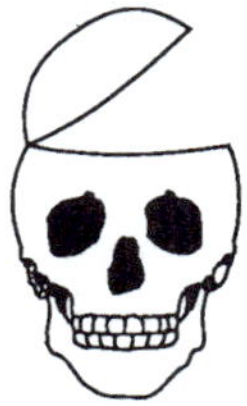

— Et bonne route à vous, monsieur le Chauffeur.

— À plus tard, si Dieu le veut!

J'étais comme dans un songe. En fermant les yeux, j'aurais juré être en présence de mon conducteur habituel. Mais celui-ci était tellement plus jeune, tellement différent. Même s'il avait un air familier que je n'arrivais pas à replacer. Je descendis les trois marches du véhicule et me retrouvai sur le trottoir, complètement abasourdi. Les passants me contournaient comme si j'étais un poteau, tandis que des yeux je suivais le 99, qui s'en allait déposer ses fidèles passagers plus profond dans la jungle urbaine. Peut-être ce chauffeur-là était-il le fils de l'autre, qui sait? Ou son cousin.

Quelques secondes plus tard, je repris vie et traversai la rue en courant. Ma tête résonnait du tic-tac de toutes les montres du monde. Chaque seconde qui passait inscrivait sa marque sur mon orgueil. Jamais je n'avais été en retard. Jamais.

Un homme aux cheveux gris m'aborda, une pancarte à la main. On pouvait y lire: «La fin est proche». Il me prit par le bras et me fixa avec une intensité des plus troublantes.

— La fin est proche! me dit-il.

— Oui, je sais, votre pancarte m'avait déjà prévenu.

— Maudite pancarte! Elle m'enlève tout le plaisir de la surprise! Pourquoi n'avez-vous pas attendu de me parler avant de la lire?

— Je ne sais pas. Je suis critique littéraire. J'aime bien lire la fin avant le début. Je n'aime pas les surprises.

— Peu importe, de toute façon. La fin est proche, tenez-vous-le pour dit. Elle est peut-être même déjà arrivée!

— Très bien. Maintenant, allez emmerder quelqu'un d'autre, moi, je suis très pressé.

Il me lâcha, et traversa la rue en direction d'une jolie fille qu'il espérait surprendre avec sa prophétie. Une voiture le renversa.

Je n'avais pas le temps de m'attarder sur les lieux. Une ambulance allait sûrement se pointer et tout rentrerait dans l'ordre. Pauvre type! Je franchis en trombe les portes de l'édifice et me plantai devant l'ascenseur qui prit tout son temps. Puis, arrivé à mon étage, je fonçai vers la porte du bureau: elle était encore verrouillée. Je ne pus réprimer un soupir de soulagement. Personne ne saurait. Personne, sauf les yeux dans le ciel. Mon honneur était sauf. J'ouvris la porte avec ma clé et je me réfugiai derrière mon bureau, soucieux de donner l'illusion à un visiteur éventuel que j'y étais depuis plus d'une heure. Une fois assis, je pris le premier livre de la pile qui s'élevait devant moi et l'ouvris à la dernière page.

On m'appelait le critique, mais j'étais plutôt un homme à tout faire. Le misérable magazine littéraire qui m'employait était dirigé par des incompétents incultes, et ma fonction au sein de celui-ci était de veiller à la qualité de son contenu. Et, comme toutes les personnes prodigues de leur énergie, j'étais sous-payé et suremployé. Bien sûr, je dis prodigue, mais qui l'est vraiment, hein?

Je n'étais pas apprécié, ça je m'en rendais compte, et je m'en foutais éperdument. Il y avait longtemps que j'avais surmonté tout désir de plaire, même que je pourrais ajouter que j'aimais bien déplaire, choquer mes lecteurs. Je savais que, comme ça, on ne risquait pas de m'oublier. Surtout pas les écrivains en herbe, ma spécialité. J'était guidé par le principe qu'il valait mieux décourager les sans-talent avant qu'ils ne fassent trop de dégâts. Dans l'ordre cosmique des choses, je me considérais comme une sorte de gardien du bon goût et de l'intelligence, et je ne sentais pas de compétition autour de moi. Vous savez sûrement ce que c'est de trouver tout le monde idiot.

Mais, aujourd'hui, on avait tenté de me tuer.

Peut-être avais-je dépassé les bornes. Ma croisade anticréatrice ne plaisait pas à tout le monde, visiblement. Ma fin approchait-elle vraiment?

Tandis que mon esprit vagabondait ainsi, je me rendis compte que j'avais oublié le nom de mon magazine. Dehors, sur la chaussée, le corps du Prophète avait disparu. Pas d'ambulance, pas de voiture de police. Il s'était probablement relevé tout seul, indemne. Franchement, il aurait pu regarder avant de traverser, ce con.

Le Patron arriva sur ces entrefaites. Il devait être midi passé, j'étais toujours seul au bureau. Mes collègues ne se foulaient pas au travail. La silhouette de mon supérieur (hiérarchique, s'entend) dessinait sur le mur une ombre de femme enceinte, le crâne dégarni et une mallette à la main. Un gros cigare odorant était vissé à ses lèvres. Il grogna en me voyant, ce que j'interprétai comme un bonjour dans sa langue de primate, et se rendit d'un pas lourd vers son bureau, laissant derrière lui un nuage opaque. Quand je dis que je me sentais seul et entouré de crétins, vous voyez ce que je veux dire?

Un second grognement, quelques minutes plus tard, annonça au monde entier que mon Patron désirait qu'on vienne le voir. Étant le seul à me trouver à portée de son beuglement, je ne pus partager avec personne le plaisir de lui rendre visite. Il m'attendait, les mains sur sa table de travail.

— Vous voulez me voir, monsieur?

— Ouais. J'veux vous parler. J'veux vous demander pourquoi vous êtes ici tous les jours alors qu'il n'y a rien à faire. Z'avez rien d'autre, dans votre vie, pour vous occuper?

— Mais enfin, qu'est-ce que cela signifie?

— Ça veux dire que vos collègues se sont plaints qu'vous êtes trop zélé, et qu'ils se sentent pas bien lorsqu'ils viennent au bureau, parce que vous leur fichez un sentiment de culpabilité.

— Quoi?!

— Moi aussi, ça m'énerve d'vous voir là tout le temps. Travaillez donc chez vous, bordel! Vous savez, les employés d'not'magazine travaillent à temps partiel ailleurs, pour arrondir les fins de mois. Alors faites de même! Foutez-moi le camp d'ici, j'veux plus vous voir avant la semaine prochaine.

— Si c'est ma démission que vous voulez, vous l'aurez!

— Non! Nos lecteurs, que Dieu sauve leur âme, aiment c'que vous faites. J'vous donne une semaine de vacances, c'est tout.

— Je n'ai donc pas le choix, à ce que je vois! D'accord, puique vous me le demandez si gentiment... Tiens, pendant qu'on y est, c'est quoi déjà, le nom de notre magazine?

Il ne me regardait déjà plus, son corps était trop préoccupé à chercher dans un tiroir quelque chose à se mettre sous la dent. Dégoûté, je quittai son bureau en claquant la porte, tandis qu'il croquait dans une pomme, le cigare dans l'autre main.

— J'sais plus! me cria-t-il.

Empoignant mon livre, mon imperméable et mon attaché-case, je me dirigeai vers l'ascenseur. Après avoir évité de peu la crise cardiaque en déféquant, après avoir survécu aux balles d'un ange exterminateur, je me faisais foutre à la porte. C'est beau la vie!

5

J'étais couvert de démangeaisons et je dus déposer ma petite valise pour mieux me gratter. L'ascenseur arriva, parfaitement synchronisé, on aurait dit par politesse, juste au moment où je la reprenais. La porte s'ouvrit lentement, au ralenti, comme dans un film, laissant voir un vieillard, frêle comme une feuille morte, troué d'une paire d'yeux gris comme la mort. Deux boules métalliques qui semblaient peser une tonne dans cette tête qu'un maigre cou arrivait à peine à supporter. Repoussé par ce regard inhumain, j'eus peine à entrer dans la cabine.

Le crâne dégarni du vieux pivota pour me suivre, comme mené par les yeux de fer qui ne reflétaient rien. Au fur et à mesure que nous descendions, un sourire vénéneux fendilla ses joues plissées. J'avais déjà vu cette tête, mais où? Lorsque la porte de l'ascenseur s'ouvrit, je me propulsai à l'extérieur sans réfléchir. Les yeux et le sourire restèrent dans la cabine. Je vis la porte se refermer sur le corps fragile, et les voyants allumés au-dessus de la porte indiquèrent que l'ascenseur continuait sa course vers les étages inférieurs.

Curieux, j'avais toujours cru qu'il n'y avait pas de sous-sol à cet édifice.

En proie à une vague inquiétude, je sortis du hall

et je me retrouvai au milieu de la foule en mouvement perpétuel. Je me laissai emporter par ce courant humain sans lutter, laissant aux saumons le plaisir de nager à contre-courant. Je n'avais pas de destination, je n'étais pas censé être là, ma place était dans mon bureau, au-dessus de tout ça.

Perdu dans la foule anonyme, j'oubliai qui j'étais. Les traits de mon visage devinrent comme ceux de mes voisins, vagues, sans couleur, indiscernables. Seuls les pieds vivaient. Nous marchions vite, tous, très vite. Moins on sait où on va, plus on fonce. C'est un principe, c'est pas moi qui l'ai inventé.

Une décharge électrique m'arracha un cri. Je me réveillai au milieu de gens grisâtres qui ne faisaient pas attention à ce qui m'arrivait. Mais que m'arrivait-il, au juste? Un second choc, plus fort, me paralysa temporairement. Mes cheveux s'étaient dressés sur ma tête, j'avais la chair de poule. Avais-je mis le pied sur un fil à haute tension? Une voix, issue de nulle part, résonna dans ma tête:

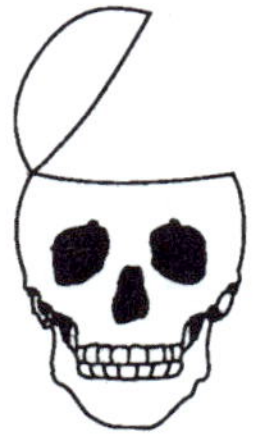

— Encore une fois! Avec plus de courant!

Pris de panique, je courus droit devant, bousculant tout le monde sur mon passage, fuyant les démons électrocuteurs. Je décrivis des zigzags, tentant de les semer, mais une troisième attaque me foudroya. Je tombai par terre, abattu comme un arbre dans un orage. Ma peau fumait. La voix éclata dans mes tympans:

— Parfait! Nous l'avons! Ha ha!, je savais que ça marcherait!

Je mis plusieurs minutes à retrouver l'usage de mes muscles. Mon visage était secoué de spasmes. C'était l'Apocalypse. Cloué au sol, j'attendis que mes dents cessent de claquer.

Encore une fois, l'Assassin s'était volatilisé. Personne ne se soucia de m'aider à me relever, les passants s'étaient contentés de m'enjamber. Merci, les gars. Une fois remis du choc, je me relevai et jetai un coup d'œil à ma montre. Il était dix-sept heures, heure à laquelle je quittais normalement le bureau. J'avais retrouvé plutôt brutalement le souvenir de ma personnalité et je décidai de rentrer à la maison. Ainsi, l'horaire de ma journée ne serait pas trop bouleversé; je rentrerais à l'heure habituelle, comme si de rien n'était. Enfin, presque.

Le 99 m'attendait à l'arrêt. Je ne me posai pas trop de questions et je grimpai tout de suite dans le véhicule à la carrosserie écarlate. Le nouveau chauffeur me sourit. Encore lui. Où était l'autre?

— Bonjour, monsieur le Critique.

— M-mais, euh, comment... où... où est euh...

— Ah! L'autre chauffeur? Il lui est arrivé un petit accident, j'ai bien peur. C'est moi qui vais le remplacer, à présent.

Son sourire était sincère. Ses yeux gris dégageaient de la bonté pure. Le type en qui on peut avoir confiance.

— Bon, alors, enchanté de faire votre connaissance, monsieur le Chauffeur.

— Mais on se connaît déjà, mon cher.

— C'est vrai, nous nous sommes rencontrés ce matin.

Sur ce, je pris ma place habituelle. Quelle ne fut pas ma surprise de voir, assise à côté de moi, la Branleuse. Elle était là, comme si elle n'avait pas quitté le bus depuis le matin, fixant le vide avec sa tête qui tremblait sans cesse, de ce genre de tremblement qui vous donne le goût de lui demander de s'arrêter. Comme si elle avait cessé de vivre durant mon absence. Un coup d'œil vers l'arrière du véhicule confirma ma pensée: tous les passagers du matin étaient à leur place, se comportant comme si de rien n'était. L'Incontinent bavait, le Prêtre marmonnait, le Motard battait le rythme d'une chanson imaginaire, le Romantique tenait son bouquet de fleurs en souriant niaisement. Et moi aussi, le Critique, j'étais assis à ma place, un livre et mon attaché-case à la main, à côté de la Branleuse. Je me grattais le cou et la poitrine.

Sur l'autoroute, que la pluie avait rendue brillante, le 99 évita soigneusement les carcasses d'animaux imprudents. Ils étaient déjà morts, pourtant, mais c'était par décence, pour ne pas empirer leur condition, j'imagine. Si votre femme était renversée par une voiture, même si elle était morte sur le coup, vous n'apprécieriez certainement pas qu'un gros camion l'écrase encore plus, non? Le chauffeur de notre bus était un homme sensible. Je crois.

Dans le ciel, une lueur fila comme une comète, disparaissant derrière un arbre. Je n'avais pas réussi à bien voir ce que c'était, mais l'objet avait une forme circulaire. Un ovni, nom de Dieu!

— Chauffeur! Voyez-vous ce point lumineux dans le ciel?

— Mais bien sûr, monsieur le Critique.

— De quoi s'agit-il?

— Quelle importance?

Décidément, rien ne l'impressionnait, ce type. J'allai voir le Prêtre, le seul qui eût l'air sympathique (le Romantique m'ignorait, perdu dans ses pétales).

— Monsieur? Excusez-moi de vous déranger. Je me présente: je m'appelle...

J'eus un trou de mémoire. C'était quoi, déjà, mon nom?

— Euh... je suis critique littéraire, et je me demandais si vous pourriez m'aider à déterminer l'origine de cette lueur qui se promène dans le ciel? Vous seriez gentil.

— Mon fils, il n'y a que Dieu pour briller ainsi.

— Mais il peut s'agir d'un phénomène artificiel, non?

— Non. La lumière, c'est Dieu.

— Mais que faites-vous des ampoules électriques?

— Connais pas.

Je compris qu'il ne servait à rien de poursuivre cette conversation. Tout le monde était fou, ici. Je repris place à côté de la Branleuse. Entretemps, l'ovni avait disparu. Dieu venait de fermer Son œil.

Après la bretelle, nous arrivâmes devant ma petite maison, qui elle aussi avait cessé d'exister sans moi.

— Merci et à demain!

— C'est ça, à demain, si Dieu le veut!

Pour un jeune, ce chauffeur était remarquablement respectueux des traditions: ses répliques et ses formules de politesse respectaient en tous points le rituel que j'avais établi avec son prédécesseur. Il ne lui manquait qu'un peu de curiosité pour les phénomènes extraordinaires. Je quittai le bus pour retrouver ma maison adorée. Ce n'était pas trop tôt.

De l'arrêt jusqu'à ma porte, je courus à en perdre haleine, ne voulant pas donner à l'Assassin une cible facile.

6

Assis sur mon divan, je regardais les nouvelles du soir, un sandwich à la main. Le téléviseur brillait et faisait du bruit. Cela me reposait.

Le Président du pays, sorte de petite tête au long nez, semblait avoir été impliqué une fois de plus dans une affaire de pots-de-vin. Les journalistes affirmaient détenir des preuves irréfutables et l'attaquaient durant une conférence de presse, mais celui-ci restait très calme et se contentait de nier tout et d'affirmer que tout était sous contrôle. Puis on fit mention d'un autre criminel qui venait de massacrer une douzaine de passants dans la rue avec une mitraillette, sans motif apparent. Personne ne l'avait coincé, car les policiers avaient peur de l'approcher. Il n'avait plus de balles dans son chargeur mais le danger était tout de même trop grand pour que l'on risque une arrestation.

Oui, il s'agissait probablement de l'Assassin. Je n'avais donc pas été sa seule victime. Au moins, je pouvais me réconforter en songeant que son attaque n'avait rien de personnel.

Des douzaines de victimes. Bordel! Il était efficace, ce saligaud. La mort pouvait vous arriver brusquement, comme ça, tandis que vous marchiez du mauvais côté de la rue. On avait tous une mitraillette de Damoclès sur la tempe. Quelle époque!

Après mon sandwich, je me plongeai dans un roman afin d'oublier tout ça. Il était d'un jeune, un autre aspirant non inspiré, qui aurait dû se promener dans la rue, ce jour-là. Je ne lus que les pages impaires, car j'étais étendu sur le côté et c'était plus confortable comme ça. La nullité du livre eut raison de moi et, au bout d'une heure, je dus me lever pour aller prendre mon bain quotidien.

En me rendant à la salle de bains, j'aperçus, dans la maison d'à côté, les voisins qui baisaient. Ils faisaient ça sur la table, les cochons, sans égard pour les autres. Tous les jours à la même heure. Je détournai le regard et fit couler l'eau. Puis, la casserole remplie, je plongeai dedans, me laissant cuire comme un légume.

Dans l'eau chaude, mon âme pouvait enfin quitter mon corps et ses mauvais souvenirs, et accéder à un niveau supérieur d'existence, sans questions, sans problèmes. Cette délicieuse désincarnation était ma récompense à la fin de chaque journée, le dessert succulent après chaque mauvais repas. Cesser d'exister avait ses charmes, croyez-moi.

Repu et alourdi par toute cette eau, je sortis de ma baignoire et me séchai distraitement en allant me coucher sous mon plafond ténébreux. Cela faisait quarante ans que je me disais qu'il faudrait le repeindre, celui-là. Un jour. Bientôt. Une fois sous les draps, je repassai ma journée dans ma tête. Comment l'Assassin avait-il pu m'électrocuter alors que j'étais perdu au milieu d'une foule? Il était fort. Et sa voix à l'intérieur de mon crâne. Partagions-nous un rapport télépathique privilégié? Me connaissait-il personnellement? Avait-il tué les autres en essayant de m'attraper? Et ce Prophète de malheur qui avait été écrasé dans la rue. Parlait-il de sa fin ou de la mienne?

Ma raison me disait que cette journée avait été abracadabrante, mais je n'avais pas de modèle avec lequel la comparer: il ne se trouvait dans ma mémoire aucun souvenir précis d'une autre journée. Juste des impressions, des tableaux. Je devais être drôlement fatigué.

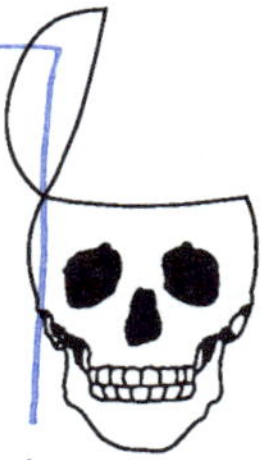

Tandis que je pensais à toute cette violence, mon esprit fut envahi par des images érotiques. J'imaginais une femme corpulente. Elle était si douce, si... présente. On ne pouvait la contourner, elle était *là*. Comme l'océan. Suivant le mouvement de la vague, ma main se faufila sous les draps et massa cette perche que j'avais tendue à ma naïade bien en chair il y avait si longtemps. Et cette marée réveilla en moi l'ogre qui sommeillait depuis l'éternité. Je me laissai emporter sur ces eaux interdites, bercé par le souvenir de ce qui avait été.

J'avais l'impression de ne pas m'être masturbé depuis des années. Et pourtant, alors que les spasmes commençaient à me gagner, j'eus une distincte impression de déjà-vu. Ma mémoire était vraiment étrange.

La nuit fut agitée. Dans mon rêve, des voix diverses parlaient

7

de moi à la troisième personne, j'étais leur sujet de conversation. Un rythme électronique, comme un battement de cœur, marquait les secondes, tandis qu'une voix féminine, chaude, dominait les autres. Il m'était impossible de parler, de bouger, d'exister. Je n'étais qu'un témoin. Et cette odeur aseptisée... Quelque chose me chatouillait le poignet. Puis tout devint noir et je me mis à rêver à rien. J'avais conscience que j'existais, mais j'étais dans le vide. Était-ce là la continuation de mon rêve, ou avais-je simplement fixé mon plafond sans m'en rendre compte? Mon souvenir était trop vague.

8

Assis dans mon lit, je regardai dans le vide, un peu confus. Mon rêve m'inquiétait. Il avait une aura de... réalité. Oui. De réalité incontournable. Plus vrai que nature. Et j'en gardais un souvenir des plus nets.

Mon poignet gauche me démangeait horriblement, à croire qu'une abeille venait de me piquer. J'avais mal, mais ma peau ne montrait aucune trace de dard, seulement les lacérations de mes ongles avides.

Je déjeunai. Puis, la dernière bouchée de mon croissant dans la bouche, je rangeai la vaisselle et me dirigeai vers la salle de bains pour mes ablutions quotidiennes. Rasoir, brosse à dents, peigne et cuvette. Mes intestins accomplirent leur tâche admirablement. Puis, de retour dans ma chambre, je passai une chemise que je boutonnai distraitement. Quelque chose n'allait pas.

Je déboutonnai ma chemise et la remis tranquillement. Que se passait-il? Je défis à nouveau les boutonnières et examinai mes doigts. Dix, de différente longueur. Bon. Avec ces dix doigts, je passai mon ventre au crible. Ah! Voilà.

Je n'avais plus de nombril.

Mes yeux confirmèrent l'information tactile. Mes abdominaux avaient perdu leur œil unique. Le cyclope avait rencontré Ulysse. Mais un nombril qui disparaît, je ne comprenais pas. Peut-être y avait-il des précédents; un détour chez le docteur était à conseiller.

Sans trop m'attarder sur le sujet, j'attachai ma chemise et enfilai un veston. Je me tâtai le ventre. Au moins, mon nouveau handicap n'était pas visible à travers mes vêtements. Puis, mon manteau sur le dos et mon attaché-case à la main, je sortis. Il pleuvait encore, quelle poisse! Quelque chose me retenait, me disait de rester à la maison, mais j'avais un travail, une mission à accomplir. Mon patron comptait sur moi, il attendait de moi un rendement exceptionnel à cause de la fainéantise de tous mes collègues. Si je ne veillais pas au grain, notre magazine littéraire, dont le nom m'échappait complètement, s'effondrerait.

Dans la maison voisine, ça baisait. Dans la chambre, cette fois-ci. Un jeu d'éclairage projetait la silhouette du couple en ombres chinoises sur leur rideau. Matin et soir, hein? Ça me rappelait quelqu'un que j'avais connu...

Tiens, me dis-je. Je n'avais jamais remarqué que mon Voisin s'était rasé la barbe; la silhouette qui se profilait dans la fenêtre était glabre. La barbe avait pourtant eu depuis toujours la faculté de cacher la laideur, et mon Voisin en avait drôlement besoin. Bah, si sa poule l'aimait vraiment, il n'avait pas de raison de s'en faire. Il avait perdu du poids depuis la veille, en tout cas.

Mes yeux ne cessèrent d'inspecter le paysage à la recherche de l'Assassin, mais cette fois la route était libre. La pluie rendit pénible mon trot jusqu'à l'arrêt du 99. Mais, par chance, l'autobus rouge m'y attendait et je n'eus pas à souffrir l'averse plus longtemps.

— Bonjour, monsieur le Critique.

— Bonjour, monsieur le Chauffeur.

Il ne regarda même pas ma carte d'abonné. Je pris place à côté de la Branleuse.

Elle avait pris des vitamines, celle-là. Sa tête était plus animée qu'auparavant, comme si elle ballottait au bout d'un ressort. J'essayai de ne pas trop la regarder. Au fond du bus, le Prêtre marmonnait à côté du Motard. Était-ce un nouveau tatouage, sur son avant-bras? L'Incontinent bavait et le Romantique souriait, son éternel bouquet de fleurs à la main.

Curieux. Le mercredi, d'habitude, le Romantique n'était pas à bord.

Mon regard erra jusqu'à la fenêtre, où j'observai le paysage qui défilait. Arbres et carcasses étaient à leur place, le long de la route. Décidément, les rongeurs n'étaient pas les animaux les plus brillants du monde, comme en témoignaient les centaines d'entre eux qui mouraient sur le bitume tous les jours.

Mes yeux aperçurent la silhouette armée dans un arbre, voilée mais assez distincte. L'Assassin était encore en liberté. Plus loin, son cousin était perché sur un lampadaire, le long de la route. Chassaient-ils les rongeurs?

Le 99 s'engagea sur la bretelle et se fit propulser vers la ville. Le Chauffeur sifflotait une chanson que lui-même ne semblait pas bien connaître. Nous pénétrâmes la cité comme un spermatozoïde et je me fis recracher devant la bâtisse gargouillesque.

— Bonne journée au travail, monsieur le Critique.

— Et bonne route à vous, monsieur le Chauffeur.

— À plus tard, si Dieu le veut.

Je courus sous la pluie battante et, d'un doigt dégoulinant, je pressai le bouton de l'ascenseur. La porte s'ouvrit aussitôt et j'entrai dans la cabine vide. Une écœurante odeur d'urine y flottait. Au septième, je descendis.

Personne. Parfait. J'entrai avec ma clé et m'installai paisiblement à mon bureau. Les pieds sur ma table, j'empoignai un roman. Il était épais, aussi l'entamai-je à la page 173. Dehors, plus bas, les gens sans visage se promenaient comme des fourmis.

Le Patron arriva après la pause sandwich. Il avait des fragments de nourriture à la commissure des lèvres. Il émit un grognement pour me saluer et, précédé de sa panse et de son long cigare, il entra dans son bureau, sa précieuse valise de cuir pâle à la main. Je ne fis pas trop attention à lui et continuai ma lecture. Un cri me sortit violemment de ma lecture vers quinze heures. Je jetai alors un rapide coup d'œil par la fenêtre et j'eus le temps d'être témoin des derniers instants de la chute d'un type. Il s'abattit sur la tête d'un passant avec un bruit mat et sec. Alors, d'un mouvement unanime, la foule grise se précipita vers les deux cadavres commes des charognards. Quelques cris de traumatisés s'élevèrent, mais la tendance était plutôt à la curiosité.

— Wow! Dites donc, vous avez vu ça?

Mon Patron s'excitait tout seul dans son bureau.

— J'ai dit: vous avez vu ça?

— Oui, oui, Patron, j'ai vu.

— J'avais parié une grosse somme qu'un employé d'en face allait finir par se foutre par la fenêtre! Ha ha! Comme quoi la compétition ne fait pas le poids!

J'étais abasourdi. Quel cœur de pierre! Il continua:

— Eh, dites donc, à propos, j'ai deux mots à vous dire, à vous! Passez à mon bureau!

Le poignet me démangeait encore. Je me levai quand même, tel Lazare, obéissant sans poser de question. La vue des deux corps écrasés l'un sur l'autre m'avait secoué. Le Patron avait un air grave, une pomme à la main. Il me parla à travers son havane.

— Savez-vous qu'on travaille dans un magazine littéraire de second ordre, hein? Avez-vous pensé que peut-être qu'on a d'aut' chats à fouetter, hein, et que d'vous voir comme ça, tous les jours au bureau comme un gosse à l'école, ça nous énerve, mmmh?

— Mais...

— C'est mauvais pour le moral d'vos collègues si vous vous pointez tout le temps au travail, ils ont l'air moins vaillants que vous et ils aiment pas ça! C'est clair! Alors travaillez chez vous!

— Si c'est ma démission que vous voulez...

— Z'êtes sourd? J'ai dit que j'voulais plus vous voir, j'ai pas dit que j'vous renvoyais! Nos maudits lecteurs aiment vos papiers! Moi, j'veux vos critiques, mais pas vot' compagnie! C'est simple, non?

— Tout à fait.

— Bon. Alors partez. Vous voulez une pomme? C'est plein de vitamines et excellent pour les gencives!

— Non merci.

Sans plus de cérémonie, je pliai bagage et appelai l'ascenseur, en me grattant le crâne. J'avais de la difficulté à me rappeler certains événements de la journée, tandis que d'autres, comme mon rêve de la nuit précédente, étaient d'une clarté effrayante. J'avais ce que l'on appelle un mémoire sélective, et une vie bizarre.

9

L'ascenseur était plein, je dus me faufiler pour y prendre place. Le vieux aux yeux mortels n'était pas là, au moins. Mais il y avait un autre petit vieux, à l'air mélancolique, tout fripé. Un type aux dents jaunes se tenait devant lui, un sac de Top Sport à la main, duquel dépassait un bâton de baseball. À sa droite, un homme impeccable, qui semblait s'excercer à sourire, un macaron avec son propre visage épinglé à la boutonnière. Un politicien, sans doute. À sa gauche, un petit garçon et son père, qui semblait exaspéré. Le gosse avait l'air impatient comme j'en avais rarement vu. Il tapait du pied et se mordait les lèvres. Nous étions également entourés de jeunes gens qui parlaient de sauver le monde; il y avait aussi un hurluberlu, habillé n'importe comment, le nez cassé et avec une verrue au-dessus de l'œil. Il avait des ailes de carton dans le dos.

À chaque étage, des gens entraient et sortaient, au grand désespoir du petit qui avait hâte d'arriver. Puis nous atteignîmes le rez-de-chaussée. Je dus contourner un type tout ébouriffé, plein de tics et dont les yeux ne clignaient pas en même temps. Sans le faire exprès, je bousculai Bozo le clown, le gars aux ailes de carton.

— Eh là! Attention!

— Pardon, mais je dois sortir, je descends ici!

— Dans ce cas, je te pardonne, mon fils.

Il fit un signe de croix, tandis que la mâchoire de l'ascenseur se refermait sur lui et le zoo. L'ascenseur continua sa course vers l'inconnu. Moi, je plongeai dans la rivière humaine qui avait tout oublié de l'employé du bureau d'en face.

Le peu d'identité qui me restait me fit garder la tête haute, à l'affût des dangers venus du ciel et en quête d'un ovni. Mais mes yeux n'aperçurent que quelques pancartes publicitaires clouées sur les murs des bâtiments. Donnez du sang, disaient-elles, ouvrez-vous les veines pour ceux qui en ont vraiment besoin, et on vous remettra un beigne et un café gratuits. D'autres m'annonçaient qu'à cause de mon manque de générosité des millions de gens mouraient de faim. Bah! Ils n'avaient qu'à donner du sang.

Mes yeux rivés au ciel interceptèrent l'horloge d'un clocher, et je fus informé qu'il était temps de prendre le 99. Je traversai donc la rue et joignis le courant qui menait à mon autobus. À un coin de rue, un peu plus loin, je tombai sur une manifestation.

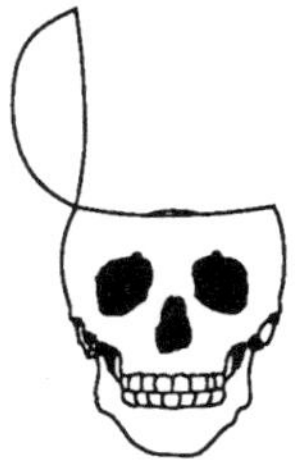

Une trentaine d'enfants étaient en train de maltraiter un clown. Le type costumé, le sourire aux lèvres, encaissait des coups de pied dans les parties génitales, des coups d'ongles dans les yeux et des morsures partout sur le corps. Les gosses étaient minutés par leur chef, qui portait un foulard très voyant. Lorsque le clown expira, peu de temps après, le responsable des petits démons fit un grand geste avec son chronomètre et hurla:

— Plus de trois minutes! Vous rendez-vous compte! Vous êtes les plus lents de la ville! Ce soir, pas de dessert! Non mais!

C'était la première fois que j'assistais à un exercice de recrutement de ce parti politique, voué à l'extermination des clowns et des mimes, qui constituaient l'opposition officielle. J'avais déjà songé à y adhérer, mais vous savez, des fois, on dit qu'on va faire quelque chose, et on meurt avant.

Me frayant un chemin à travers la foule en admiration devant le massacre clownesque, j'aboutis à l'arrêt du 99, où le lourd véhicule rouge m'accueillit à bras ouverts.

— Bonjour, monsieur le Critique.

— Bonjour, monsieur le Chauffeur.

Le silence coutumier du véhicule était perturbé par les marmonnements du Prêtre, qui ne semblait plus s'entendre parler. Le Motard lui fit des gros yeux tout le long du trajet, tandis que nous contournions méthodiquement les milliers de carcasses aplaties qui menaient à la maison, comme les morceaux de pain du Petit Poucet.

Chez moi, la télé me salua en s'allumant toute seule.

Le Président faisait encore des siennes. Cette fois, il refusait de tenir ses promesses électorales. Aux journalistes qui se plaignaient, il répondit simplement qu'il était maître de la situation, et qu'un compromis n'était pas exclu. Son sourire était impressionnant, plein de dents, plein de gentillesse. Comme celui d'un clown. Son nez de Pinocchio s'allongeait à vue d'œil, mais son expression joviale obnubilait les journalistes. Quelle bande d'idiots!

Dehors, un ovni traversa le ciel. Je me précipitai vers la fenêtre, mais plus rien. La pleine lune me renvoyait mon regard. Et si l'Assassin était un extra-terrestre? En me grattant le ventre, je me rappelai que je n'avais plus de nombril.

De plus en plus curieux, me dis-je, comme Alice. *Curiouser and curiouser.*

En chemin vers la salle de bains, je vis le voisin qui enfilait sa femme sur la table de cuisine. Le gros hurlait son plaisir à qui voulait bien l'entendre. Moi, je ne voulais pas, aussi détournai-je le regard. Sa barbe avait repoussé bien vite.

Après mon bain je me couchai, un peu perturbé. Tout ça était bien étrange.

10

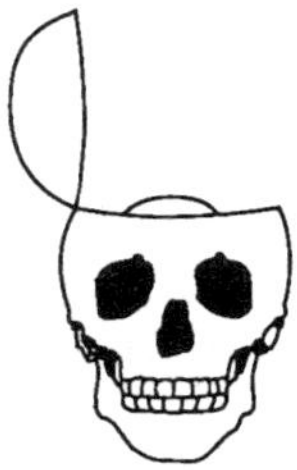

Dans les ténèbres de mes rêves, une lueur se baladait, comme une âme avec laquelle je n'arrivais pas à communiquer. Cette luciole était en fait un disque lumineux, avec un centre plus brillant. Le vide répandu autour de moi était des plus tangibles. Un néant presque matériel. Et les voix, je les entendais encore. La voix de la femme était plus près de moi, ce qu'elle disait était plus clair.

— C'est mon bébé, je veux qu'il vive. Quoi que vous puissiez penser...

Bip. Bip. Bip. Nous étions dans un hôpital, ça sentait la mort et les médicaments. Une abeille invisible me piqua le poignet droit.

11

Je me réveillai en sueur. Quel cauchemar! J'avais l'impression d'avoir revécu un souvenir de ma naissance.

Non. Pas un souvenir. Plutôt une fenêtre ouverte sur un autre monde.

Mon croissant n'avait pas beaucoup de goût, je n'avais pas d'appétit. Mon café ne réussit pas mieux à éclaircir mes pensées. Je me sentais mal dans ma peau. L'air ambiant me paraissait habité du fantôme de tous les morts de l'histoire. Là, dans ma tasse, ici, sous la table, là-bas, dans le placard. Derrière, devant, au-dessus, en dessous. Partout. Des esprits. Ils m'évitaient soigneusement au dernier moment pour ne pas entrer en contact avec moi, ils savaient que je les détecterais, sinon. Mais je sentais les courants d'air, j'entendais leur rire. J'étais le chat, eux les souris. Je ne me ferais pas avoir comme ça.

Aux toilettes, je baissai le store et j'éteignis les lumières. Personne ne pourrait jouir du spectacle de me voir chier. Je gardai une serviette sur mes genoux, juste au cas. Puis, mon œuvre créée, je me relevai prestement, après avoir tiré la chasse d'eau. Je ne perdis pas de temps à m'habiller. En constatant l'absence de nombril sur mon ventre, je notai dans mon esprit que je devrais passer chez le docteur, un de ces jours. Vêtu, je m'apprêtais à partir au bureau lorsqu'on sonna à la porte.

Ceci n'était pas prévu à mon horaire.

Hésitant, j'attendis que l'on sonne une seconde fois, pour m'assurer que l'intrus voulait vraiment me parler. Oui, il le désirait sérieusement. Au troisième coup de sonnette, je répondis, imitant de mon mieux le sourire du Président.

C'était mon Voisin, bedaine, barbe et tout. Une goutte de sang perlait sur son front. Le pauvre, il avait l'air tout secoué.

— Euh... bonjour, dis-je. Puis-je vous aider?

Je me sentais comme un cancre à l'examen. Machinalement, je me labourai la peau du ventre.

— Ben oui, en fait. J'm'excuse de vous déranger, mais j'ai besoin de parler. Je viens de surprendre ma femme au lit avec un autre type.

Comment lui dire qu'il me dérangeait?

— Oh, vous ne me dérangez pas, dis-je. Entrez.

— Merci.

Il retira sa casquette et s'essuya le front avec sa manche. Il s'assit ensuite sans vergogne sur mon divan, écrasant de ses grosses fesses le premier roman d'une jeune écrivaine pleine d'espoir. Je n'aurais pu en faire une critique plus éloquente moi-même. Il continua, paraissant s'adresser plus aux murs qu'à moi:

— Je suis cocu, vous vous rendez compte?

— Ben... êtes-vous sûr de ne pas sauter un peu trop vite aux conclusions?

— Je l'ai surprise en train de se faire sauter par un petit minable!

— Aïe... Toutes mes condoléances.

— Merci.

— Avez-vous l'intention de lui pardonner?

— Oh, c'est déjà fait.

— Bon, alors il n'y a pas de problème, donc.

— Oui, il y en a un de taille.

— Lequel?

— La mémoire.

— Vous oublierez tout ça un jour, j'en suis sûr.

— Moi, je sais que j'oublierai. Mais pas ce sale con! Car voyez-vous, rien n'efface la mémoire. Des fois, on croit avoir oublié, mais c'est une illusion, les souvenirs sont tout simplement dissimulés, occultés par d'autres souvenirs. La mémoire est physique, monsieur le Critique, elle fait partie de notre cerveau, elle ne peut pas en être éjectée! C'est pourquoi nous ne sommes pas heureux, mon cher, nous ne pouvons oublier nos malheurs. Et le petit merdeux, lui, il avait des souvenirs, dans sa cervelle, des images et des sensations que je ne pouvais pas tolérer. Il avait troué ma femme à mon insu, et même s'il ne la reverrait plus jamais, il avait le souvenir de cette relation, il pouvait se branler en pensant à elle, s'il le voulait. Je ne pouvais pas permettre ça. Vous savez, moi, les gens qui se branlent…

— Euh… Je comprends tout à fait. Oui. Bon. Et… qu'avez-vous fait avec lui, au juste?

— La seule chose raisonnable: j'ai dû procéder à une opération neurologique afin de prélever les cellules indésirables de son cerveau. Une extraction mnémonique, voilà ce que je lui ai fait.

— À la bonne heure!

— Bien sûr, ça fait longtemps que j'ai abandonné l'école, et mes connaissances en anatomie sont quand même limitées. C'est compliqué, la médecine, vous savez, surtout quand on est un honnête travailleur qui ne l'a jamais étudiée.

— Oui oui, bien sûr. Moi-même, je ne sais pas toujours où mettre un pansement quand je me blesse. Ha ha!

— Vous avez le sens de l'humour. C'est bien. En tout cas, pour terminer mon histoire, j'ai préféré en enlever trop plutôt que pas assez, histoire de ne pas opérer pour rien.

— Une sage précaution. Et votre femme?

— Même problème de mémoire, je n'avais donc pas le choix. Je l'aime tellement, vous savez, tellement! Elle est tout pour moi, ma vie n'aurait aucun sens sans elle. Ah, ce que l'amour nous pousse à faire, des fois...

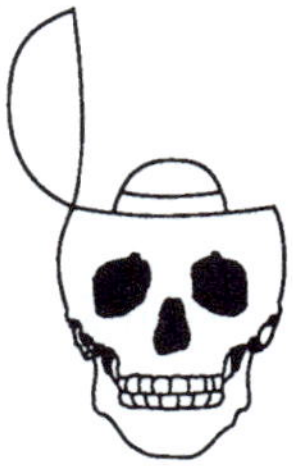

— L'opération a été un succès?

— Tout à fait. Elle a tout oublié. Tout. Maintenant, le bonheur nous attend.

— Vous m'en voyez ravi. Puis-je participer de quelque façon au succès de vos liens renoués?

— En fait, oui, vous pouvez me rendre un petit service: le crâne de ma femme se referme mal et je crois qu'un peu de mastic et un étau feraient l'affaire.

— J'ai ce qu'il vous faut.

Je lui prêtai mon coffre à outils, dont je ne m'étais jamais servi. J'avais eu ça en cadeau, il y avait très longtemps. Je partis pour le bureau dès que mon Voisin rentra chez lui.

Je marchais comme dans un mirage. Mes pieds touchaient à peine le sol. La pluie tombait sans cesse, comme un robinet oublié.

L'autobus était à son poste, attendant ma venue. Le rouge de sa carapace était un peu plus vif qu'avant. Comme s'il avait été aspergé de sang.

— Bonjour, monsieur le Critique.

— Bonjour, monsieur le Chauffeur.

12

Je fixais sans les voir les cadavres d'animaux qui jonchaient la route. Ma conversation avec mon Voisin me hantait. Son désespoir m'avait semblé si sincère, j'en étais sérieusement affecté. Pourquoi? Je me doutais bien que sa femme le trompait, mon Dieu, tout le monde devait le savoir sauf lui. Comment l'avait-il coincée? Était-il revenu trop tôt du boulot? Venait-il de se faire foutre à la porte? Je n'enviais vraiment pas cet homme, en tout cas.

Sa douleur, je la comprenais bien. Je me voyais en lui. L'impression obsédante que l'on vient d'être trahi au plus profond de son être. Oui, je savais ce que c'était. Moi aussi, j'avais été trahi. Par qui? Bonne question. Vous savez, mes souvenirs...

Les carcasses défilaient sous mon nez à une vitesse impressionnante. Chats, chiens, rongeurs en tout genre. Le Chauffeur naviguait savamment entre elles comme si c'était une seconde nature pour lui. Tiens, voilà le chien de la voisine. Et là, si c'est pas ce maudit chat roux qui miaulait tout le temps. Dans ce cimetière à ciel ouvert, il y avait même un ou deux chevaux. Et l'Assassin et sa famille qui ornaient les arbres. Les routes étaient vraiment devenues dangereuses.

La ville nous avala tout rond, et je descendis quelque part dans ses intestins. Je pris mon temps avant de traverser la rue, ne désirant pas devenir une autre carcasse écrasée. Au bureau, les pieds sur la table, je ne pris pas de livre; j'étais trop préoccupé par cette histoire de voisin et par la peau de mon ventre qui piquait.

Comment ma relation avec ma grasse dulcinée avait-elle commencé? Aucun souvenir. À quand cela remontait-il? Sais pas. À quoi ressemblait son visage? Pas la moindre idée.

Quelque chose ne tournait pas rond, dans tout ça. J'aurais dû me rappeler ces bagatelles. J'essayai alors d'évoquer les circonstances de notre séparation. Les mauvais moments, il n'y a que ça pour se souvenir. Comment nous étions-nous quittés? Je ne savais pas! Bordel, il s'agissait pourtant de ma vie!

Et si tout ça n'était qu'un songe? Un rêve dans l'esprit d'un bébé?

Dehors, un objet brillant passa dans le ciel. Cette fois, j'eus le temps de bien le voir: il s'agissait d'une forme circulaire, avec un centre et un anneau plus brillant que le reste. Comme le reflet d'une lampe de poche sur un mur. Il décrivait des circonvolutions dans le ciel, comme il avait été manipulé par une force étrange, défiant toutes les lois de l'aéronautique. Tantôt il s'éloignait, tantôt il venait se coller à moi, comme pour me narguer. Je lui fis un signe, mais il s'enfuit. Disparu, comme éteint. Aucune trace de son passage dans les cieux. Je ne quittai plus le bord de la fenêtre.

Rien d'anormal n'arriva dans les heures qui suivirent, sauf le martyre d'un mime, lynché par l'opposition. Durant un moment de distraction, je me surpris à fixer une des multiples affiches publicitaires collées sur les bâtiments avoisinants. Un litre de sang pour un biscuit, me promettaient-elles. Et deux biscuits et un café pour un rein. Non merci. Un graffiti sur une fenêtre disait: «Dieu est parmi nous, mais nous ne savons pas exactement où.»

Soudain, un homme au visage triste se laissa tomber du toit de l'édifice d'en face. Sa chute, comme au ralenti, fut accompagnée par les gloussements de mon Patron, qui suivait la scène de sa fenêtre. Il disparut au milieu du troupeau qui marchait sur le trottoir, avalé par la foule indifférente. Pendant une seconde, une clairière se forma dans la masse compacte, mais elle se referma aussitôt, et toute trace du suicidé disparut. La vie reprenait son cours.

Il était presque dix-sept heures. Je pris un livre, mon manteau et saluai le Patron.

— Vous voulez pas une pomme? C'est comme goûter au fruit défendu! Hé hé hé…

— Non merci, non. À demain, Patron.

— Ah! À propos, j'voulais vous dire que…

Je ne le laissai pas terminer sa phrase, j'étais déjà dans le corridor, posté devant l'ascenseur. La porte s'ouvrit tout de suite. À l'intérieur, deux médecins, habillés comme des fantômes. Ils étaient plongés dans une discussion animée.

Sans les saluer, je pris place dans la cabine. La voix de ces types me disait vraiment quelque chose. Il me semblait les avoir entendus dans mes rêves. Là, ils s'engueulaient pour savoir si un de leurs patients devait être débranché. Il était, d'après ce que j'avais cru comprendre, dans un coma profond depuis trois jours. Je me retournai vers eux:

— Débranchez-le donc! L'euthanasie, il n'y a que ça pour garder les rues propres!

— Mais enfin, il faut être sûr de...

— Il est sûrement mieux mort que vivant dans ce monde-ci, de toute façon, renchéris-je.

Ils restèrent bouche bée en me regardant comme si j'étais un évadé de l'asile. Je leur souris et je descendis au rez-de-chaussée, les laissant seuls continuer le débat. Si j'étais dans un monde fantasmagorique, aussi bien s'amuser.

Après un bain de foule, je me retrouvai dans le 99, devant le sourire du Chauffeur.

— Bonjour, monsieur le Critique.

— Bonjour, monsieur le Chauffeur.

13

Comment avais-je rencontré ma copine? D'où venait-elle? Le bus roulait vite sur l'autoroute, les essuie-glace battaient la cadence.

L'impression que j'avais écrit deux romans avant

de devenir critique était-elle fondée? Si oui, quel était leur titre? Plus j'avançais sur cette route incertaine, plus je doutais de sa réalité. Ce paysage n'était probablement qu'un délire.

«C'est mon bébé, je veux qu'il vive!» Ouais, quelqu'un, quelque part, tenait à moi. Un bébé. Pourquoi pas?

La grosse fille aux seins énormes et à la langue de velours n'était qu'un mirage. Comme le Patron. Et le Voisin. Dommage. Mes critiques n'étaient lues que par des chimères. Peut-être cela valait-il mieux ainsi.

En tous cas, si on se souciait de mon bien-être, cela voulait dire que celui-ci était menacé. Un autre moi-même était en danger, ailleurs. Un autre moi-même qui n'était qu'un bébé.

Je pouvais bien ne pas me rappeler mon nom, je n'avais probablement pas encore été baptisé. Et mon nombril? Le cordon ombilical n'était peut-être pas encore coupé.

Je reçus un choc violent sur la tempe. Me retournant, je vis qu'il s'agissait de la Branleuse. Sa tête gigotait dans tous les sens, comme si elle agonisait sur la chaise électrique. Je me tassai sur mon banc. L'épilepsie de ma voisine de siège était pire que jamais.

D'être sorti si brusquement de mes rêveries me donna une conscience plus claire de mon environnement. Le Prêtre priait à voix haute, se croyant seul à l'église.

— Loué sois-Tu, Seigneur, disait-il. Loué sois-Tu pour Ton infinie sagesse! Éclaire-nous de Ta bonté! Montre-nous le droit chemin, Seigneur! Envoie-nous un second Messie, pour mener notre troupeau au Paradis!

Le Motard le fixait avec des yeux méchants. Il s'était fait tatouer un troisième œil, dans le front celui-là, ça lui donnait un air extra-terrestre. Ses avant-bras noueux étaient couverts de dessins fantasmagoriques, qui s'animaient sous le jeu de ses muscles et de ses tendons. Pourquoi un type comme lui prenait-il l'autobus? N'avait-il pas assez d'argent pour s'acheter une moto?

L'Incontinent bavait de partout, c'était dégoûtant. De temps en temps, il lâchait un pet. Une chance qu'il y avait les roses du Romantique. Celui-ci ne cessa pas de sourire une seconde, son bouquet près du cœur. Il vivait dans un autre monde. Habitait-il l'hôpital de mes rêves?

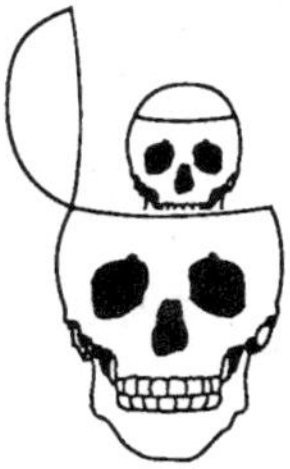

Mon Dieu, me dis-je. Le bus fut secoué par le corps écrasé d'un cheval, que le Chauffeur n'avait pas réussi pas à contourner.

— Désolé, monsieur le Critique! s'excusa-t-il.

Mais je ne l'entendis pas: je fixais un ovni qui tournait dans le ciel. On aurait dit le faisceau d'un phare puissant.

Le Prêtre. Peut-être pouvait-il m'aider, après tout. Je me levai pour m'asseoir à côté de lui. Ses yeux me suivirent, mais ses lèvres ne cessèrent pas de prier à tue-tête.

— Mon père, j'ai besoin de vous.

De prédicateur il devint instantanément confesseur, silencieux et concentré.

— Je t'écoute, mon fils.

— Ben... Voilà. Je suis en train de me demander si...

Non. Mon approche était trop directe. Je me repris.

— Mon père, parlez-moi du Messie.

— Ah! Le Messie! Que dire de lui, si ce n'est qu'on aimerait tous le rencontrer!

— Pourquoi, au juste?

— Parce que le Messie est l'envoyé de Dieu, mon enfant; par sa bouche, Dieu peut s'adresser directement à l'humanité. Il n'y a pas de plus beau cadeau qu'Il pourrait nous faire que de nous envoyer Son fils!

— Le Messie est donc le fils de Dieu?

— Euh... le premier l'était, en tout cas.

— Et cet enfant serait la personne la plus importante au monde?

— Évidemment! Il en serait la seule raison d'être!

— La seule raison d'être. Oui. La seule... Donc, il serait le centre de l'univers, d'une certaine manière?

— Tout à fait, mon fils. Le centre de tout.

— Merci, mon père.

— De rien, mon fils. Et si tu vois le Messie avant moi, dis-le-moi, je t'en prie. Tu sais, dans ma profession, on n'a pas grand-chose à faire à part l'attendre.

— Je sais. Ne vous inquiétez pas.

Je retournai m'asseoir. Le centre de tout. La Branleuse, possédée par la danse de Saint-Guy, gigotait tellement que je dus me protéger de ses bras et de sa tête tout au long du trajet.

En m'endormant, je pensai à ma mère. Elle ne me parlait pas beaucoup, peut-être était-elle dans une autre chambre de l'hôpital.

Ma mère. J'avais hâte de la rencontrer. Et de sucer ses mamelons. Ces seins énormes, les seins de mon amante imaginaire.

Lorsque je pensais à une femme, mon Voisin revenait me hanter. Qu'avait-il dit, déjà? Je ne me souvenais plus. Ça parlait de mémoire.

14

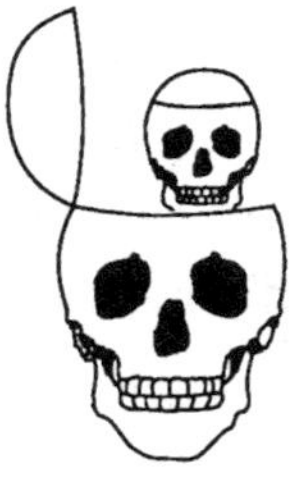

Des heures durant, je ne vis que du noir. Conscient de chaque milliseconde, seul être vivant au milieu de l'infini. Deux ovnis sillonnèrent les ténèbres, mais n'entendirent pas mes appels de détresse.

J'entendis la voix de ma mère. Elle était froide, professionnelle. Que disait-elle? La situation n'avait pas l'air très gaie. Un peu plus fort, je ne comprends pas. Une piqûre à la cheville gauche, c'est tout ce que je reçus comme réponse.

15

À mon réveil, j'étais perturbé, mon sexe était bandé comme jamais. Et une odeur de sang et de salive hantait mes narines. Je jetai un coup d'œil dans la glace de la salle de bains non, je ne m'étais pas coupé durant mon sommeil. Mais l'odeur persistait, et elle ne venait pas de ma cheville, tout en sang à la suite d'horribles démangeaisons. Sa provenance était pour moi un mystère total. J'en perdis l'appétit. Sur un coup de tête, je m'habillai et décidai de partir en avance. Tant pis pour mon horaire, j'étais le maître de ce délire.

Le 99 était là, fidèle à son poste, élégante silhouette rouge sous le gris des nuages. Le Chauffeur m'accueillit avec son plus beau sourire. Tout le monde était à bord. Salut, les amis.

Quelque chose se passait en moi. Ma main tremblait. La droite. Des images de mon Voisin et de sa femme défilaient à toute allure devant moi. Je dus m'accrocher à la petite rampe d'accès du véhicule. J'étais à la fois excité et dégoûté. Je présentai ma carte d'abonné au Chauffeur et me dirigeai tant bien que mal vers la Branleuse, à ma place.

Je ne pus m'asseoir tant elle gigotait, la vieille, comme quelqu'un qui se noie. Comme un diable dans l'eau bénite. Dieu. Le Diable. Je voyais la Branleuse, puis je voyais le Voisin se débattre avec sa femme. Il y avait de la trahison dans l'air. Et une odeur de sang.

Tuer sa femme. Tuer le traître. Oui, j'avais connu ce sentiment. Tuer. Le goût d'enlever la vie, de faire pisser le sang. Le goût de laver sa honte dans les entrailles d'une autre personne. Oui. C'était moi tout craché, ça.

La tête de la Branleuse battait la mesure en frappant la paroi du bus. Tic-tac, tic-tac. Comme un métronome. L'autobus roulait, le Prêtre suppliait

Dieu, Dieu me regardait. On attendait quelque chose de moi. Un signe. Une envie de tuer montait en moi, me prenait dans ses bras. Comme la grosse, elle m'enveloppait. Tuer, me disait ma maîtresse opulente, tuer. C'est si simple, et si satisfaisant. Il faut s'extérioriser. Sortir le méchant. Quatre lettres, c'est tout. Deux syllabes.

La Branleuse s'agitait devant moi. Un mot.

Tu. Un engrenage était enclanché. Er.

La réaliTé prenait vie toUte seule, je pErdais le contRôle.

Tranquilliser la vieille. Une simple opération. Et tout irait bien. Rien de bien compliqué.

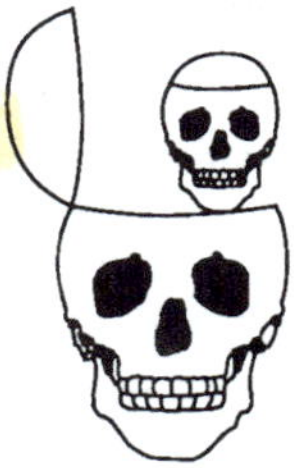

Quatre lettres.

Mes mains s'envolèrent toutes seules et saisirent le cou de la Branleuse, qui continuait à s'agiter. La pression se fit plus forte. De la salive mouilla mes doigts, la face de poisson de la vieille s'était figée dans une expression de surprise. Elle commença à cracher du sang. Oui, j'avais toujours voulu faire ça. Ses bras se calmèrent, mes mains étaient toutes mouillées. Oui, mon voisin avait eu raison. Sous la chair molle de sa gorge, quelque chose céda.

Le Chauffeur ouvrit la porte du bus, alors que nous roulions à plus de deux cents à l'heure. Sans un mot, je balançai dehors le cadavre de la Branleuse. Comme une poupée de chiffon, elle roula un peu sur la chaussée avant de se joindre aux autres débris. C'était donc comme ça que les cadavres s'accumulaient le long des routes.

J'avais les mains sales, pleines de bave et de sang. Mais elles ne sentaient rien. Leur odeur s'était égarée.

16

Perdu dans les boyaux de la cité, le 99 m'abandonna au pied d'une sinistre tour couverte de gargouilles. Où étais-je?

Ah oui, au boulot. J'entrai donc dans le bâtiment, par un orifice situé au rez-de-chaussée. Au septième étage de la tour, je pris place derrière un bureau, seul avec ma machine à traitement de texte.

Les événements allaient trop vite pour moi. Je vivais dans un monde fantasmagorique dont je semblais être le créateur. Mais quelque chose échappait encore à mon contrôle. J'avais beau être le centre de tout, le Messie, je restais prisonnnier de ce monde chimérique. Ma création avait une vie qui lui était propre, je la subissais comme les autres personnages qui la peuplaient. Pris à mon propre piège.

Pourquoi m'étais-je inventé le souvenir d'une brève carrière d'écrivain? Pourquoi avais-je choisi de m'imaginer en critique littéraire alors que j'aurais pu être Superman?

En tout cas, si j'étais critique, il fallait que j'agisse comme tel. En attendant de mieux comprendre ma situation.

Je me penchai sur le problème d'un écrivain qui venait de commettre sa première et dernière erreur: un roman. Je terminai ma recension en conseillant à cet auteur de laisser tomber la littérature et de servir d'engrais aux fleurs, afin de se faire pardonner.

Puis, comme le Patron ne se pointait toujours pas, j'entrepris de faire un petit somme, épuisé de m'être soulagé sur la Branleuse et avide de rêver un peu plus. Si seulement je pouvais comprendre le charabia médical de mes rêves, mon état de santé cesserait d'être un mystère. Avant que je ferme les yeux, un ovni me nargua du haut du ciel, accompagné des cris d'un clown poursuivi par une horde de partisans dans la rue.

17

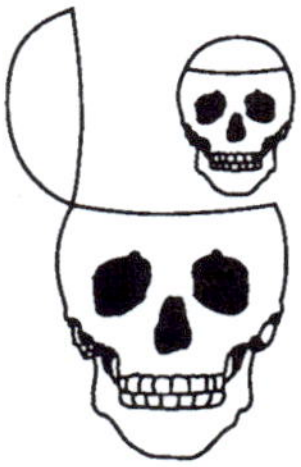

Le temps s'écoulait lentement, seconde après seconde. Je me sentais comme dans un ovarium. J'entendais clairement les bip, bip de mon cœur. Comme un métronome. Comme une montre. Un médecin entra dans ma chambre et se mit à parler.

18

Un fracas pulvérisa la réalité autour de moi. Le Patron venait d'ouvrir la porte.

Merde! J'avais les mains moites, le souffle court.

— T-tiens! Bonjour, Patron.

— Grrr.

La grosse limace se traîna péniblement jusqu'à son bureau, une épaisse fumée verte s'échappant de lui comme d'une locomotive.

Une femme se jeta du neuvième étage, en face. Un râle de plaisir éclata dans le bureau d'à côté. La chute de la femme ne ralentit pas le débit des passants sur lesquels elle tomba. Ce monde imaginaire était sordide. Pourquoi tant de gens, tant de détails inutiles?

Je quittai le bureau à dix-sept heures moins cinq. Le Patron était encore enfermé dans sa porcherie, fumant et bâfrant comme s'il ne lui restait que quelques minutes à vivre.

Dans l'ascenseur, une jolie fille d'une vingtaine d'années me salua poliment. Son visage m'était connu. Je la fixai, mais je ne pus soutenir son regard. Elle avait l'air si sûre d'elle. Sa beauté frappante allait directement chatouiller des cordes sensibles au fond de mon être. Se rendait-elle compte de l'effet qu'elle me faisait? Je me mis à penser à mon Voisin. Non. J'avais déjà tué. Et de toute façon, je ne pouvais abattre une si jolie femme. Par contre, je m'imaginais très bien être assassiné par elle. Tout était dans ses yeux, vous savez. Elle me dominait. Son amant était un homme chanceux. Maman?

Troublé, je décidai d'entamer la conversation avec elle, comme un adolescent timide. Mais elle sortit juste à ce moment et je ne pus me résoudre à l'interpeller. Non, ce n'était pas une personne qui se serait laissé tuer. Pas elle. Même si, dans le fond, qu'est-ce que ça pouvait bien faire si je butais quelqu'un, puisque la vie n'était qu'un songe?

Je descendis quelques étages, jusqu'au rez-de-chaussée, au niveau des veines. Je m'injectai dans le flot sanguin pour en sortir à l'arrêt du 99. Donnez votre cœur, disaient les affiches, et on vous donnera un gâteau. Le bus était vermeil. Le sourire du Chauffeur était blanc. Ses yeux, gris.

— Bonjour, monsieur le Critique.

19

La Branleuse n'étant plus là pour me gêner, je pus m'asseoir en paix. Des effluves de merde planaient dans le véhicule, en provenance de la banquette de l'Incontinent, qui tentait d'avoir l'air innocent. Le Motard avait l'air furieux, coincé entre l'Incontinent qui puait et le Prêtre qui gueulait. Le Romantique, lui, planait tout simplement, tout sourire et fleurs.

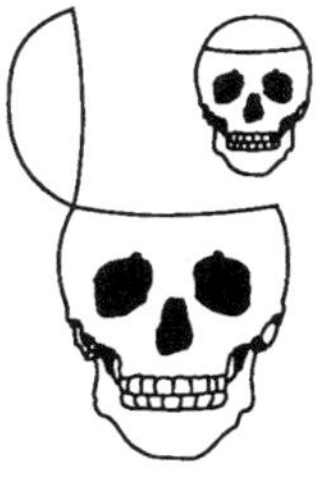

Le nez à la fenêtre, je contemplai le paysage en réfléchissant. Des milliers de carcasses d'animaux et d'humains défilèrent sous mon regard méditatif. La mort n'existe pas, me répétai-je. Il n'y avait que moi qui pouvais mourir. J'étais le seul mortel du monde. Et le seul vivant.

Le Messie.

L'Envoyé de Dieu. Un critique littéraire. Un ex-écrivain. Mais surtout, un bébé hospitalisé. Peut-être même à l'article de la mort. Si ma vie allait être brève, alors aussi bien en profiter.

S'amuser un peu, quoi.

Je me dirigeai vers le Prêtre. Il me regardait, perplexe. Il savait.

— Mon père, j'ai une bonne nouvelle à vous annoncer.

— Dites, dites!

— J'ai cru comprendre que vous attendiez le Messie.

— Comme tout le monde, oui!

— Eh bien, me voilà.

— Vraiment?! Vous ne me faites pas marcher?

Son visage était celui d'un illuminé, comme celui de tous les prêtres, mais avec un quelque chose d'enfantin, avec dans le regard cette étincelle que l'on observe lorsqu'on emmène un gosse au magasin de jouets.

— Je ne vous fais pas marcher, mon père — euh... mon fils.

— Vous êtes l'Emmanuel? L'Envoyé de Dieu?!

— Oui, oui, j'imagine.

— Merci, mon Dieu! Merci!

— Voilà, c'est tout. Maintenant, je vais aller me rasseoir. Allez, bonne journée, mon fils.

Il avait maintenant le sourire niais du Romantique. Je repris ma place, mon trône, en fait. L'Emmanuel. Oui, il me fallait une appellation et celle-là me convenait bien. Ce n'était jamais qu'un prénom, mais c'était un bon début.

À la télévision, le Président souriait. Tout va bien, disait-il. Une goutte de sang tremblait au bout de son long nez pointu. Je suis le maître de la situation. Je suis un clown.

Son visage d'espadon ne me plaisait pas. Son sourire non plus. J'étais le Messie dans un monde pourri. Et ce type en était le chef d'État. Non, il n'y avait pas assez de place pour nous deux, ici.

Le Président. Était-il ma Némésis? La contrepartie du Messie? Normalement, dans les religions, il y avait pour chaque dieu bénéfique un démon maléfique, un envers de la médaille, un antagoniste manichéen nécessaire à l'équilibre cosmique. Le Président était-il l'envoyé du Démon? Pourquoi pas? Cela expliquait au moins pourquoi je le haïssais tant.

Oui, décidai-je. Le Président était mon ennemi. Et il n'y a qu'une chose à faire avec ses ennemis.

J'avais hâte d'arriver au lendemain.

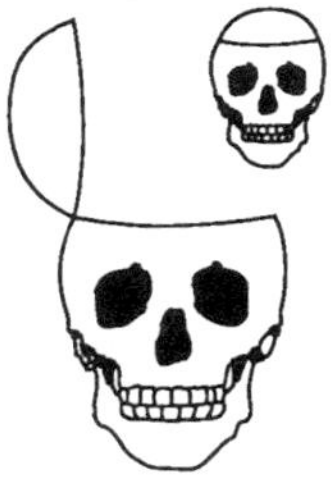

20

Les ténèbres m'accueillirent comme une vieille connaissance, comme si on ne s'était jamais quittés. Bip. Bip. Bip. Parmi les voix, celle de ma mère. Elle parlait à une nouvelle infirmière. De sa conversation j'entendis quelques mots, qui furent autant de coups de feu.

Critique. Cardiaque. Débrancher.

Trois mots. Neuf syllabes. Un lien commun.

La mort.

21

Les bip-bip de mon cœur se transformèrent en tic-tac de mon réveil et j'ouvris les yeux dans ma chambre.

Maintenant, ma situation était claire.

Critique. Oui, j'était un critique. Pas un nouveau-né, pas un fœtus. Un vieux critique. Soixante-trois ans. Et ma condition était critique, elle aussi.

Cardiaque. Une crise. C'était écrit que j'y passerais un jour. Le salaud m'avait lâché. Quand? Mon dernier malaise sérieux remontait à quelques jours, quand j'avais eu de la difficulté à déféquer. Cela me revenait, maintenant. Je m'étais alors promis d'aller voir le docteur. Quelle humiliation. Je m'étais pété une crise en chiant!

Débrancher. Qu'avaient dit les deux médecins, dans l'ascenseur? Un de leurs patients était dans le coma depuis plusieurs jours et ils hésitaient à le débrancher? «L'euthanasie, il n'y a que ça pour garder les rues propres!» J'étais vraiment un gros malin.

Il n'y avait pas de fœtus, pas de mère, pas de futur. Pas de vie. Juste la mort, le passé, la décrépitude. Comme le monde qui m'entourait. Ce monde issu de mon cerveau en décomposition, dernier soubresaut de mon imagination. À l'image de ma personne.

Mais qui étais-je vraiment? Qu'était-il advenu de mes souvenirs? De mon identité? De mon œuvre?

Et comment indiquer aux médecins que je n'étais pas mort? Comment quitter ce monde onirique à temps?

J'avais une mission. Je l'avais oubliée, mais il me restait le souvenir de son existence. Je devais accomplir quelque chose afin de mériter un billet en direction du monde réel. Peut-être devais-je retrouver ma véritable identité. Peut-être devais-je débarrasser le monde de tous les vers qui le minaient.

Me débarrasser de mes antagonistes.

Je n'étais donc pas le Messie. J'étais Dieu. L'initiateur de ce monde iréel, le géniteur universel de tout ce qui m'entourait.

Habillé et sentant la lotion après-rasage, je sortis sous la pluie en me dirigeant vers ma monture. Celle-ci m'attendait devant chez moi, comme il se doit, cheval d'acier écarlate. Comme César, j'y pénétrai le nez en l'air.

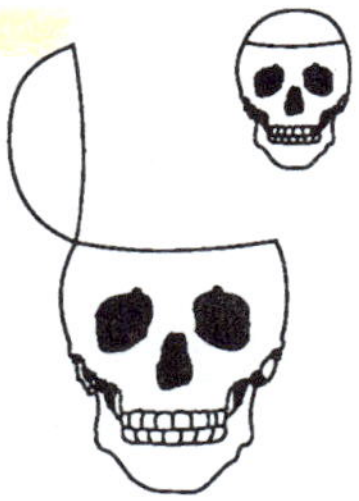

— Bonjour, monsieur le Dieu Tout-Puissant.

Mes fesses divines se posèrent sur mon siège réservé. Je sentais les secondes s'écouler. Combien de temps me restait-il avant de disparaître?

— Moi, j'crois pas en Dieu!

Ça, c'était le Motard, qui pour la première fois prouvait qu'il était doté du don de la parole. Les traits de son visage se mêlaient à ses tatouages, il me faisait penser à un mur couvert de graffiti. Il s'était levé pour m'adresser la parole, il était torse nu, avec un pantalon de cuir et des bottes de cow-boy.

— J'ai dit que j'crois pas en Dieu, moi!

— Bien fait pour toi, connard. Fous-moi la paix.

— Je crois pas en toi!

— Fait gaffe si tu veux pas t'envoler comme la Branleuse!

Le Chauffeur ouvrit la porte de l'autobus. Le vent sifflait dans le véhicule, faisant voler les cheveux longs du Motard.

— Tu tiens vraiment à aller retrouver les rongeurs sur la route?

Il me sauta dessus. Pris de panique, j'esquivai, sans trop savoir comment, et la brute, après un curieux parcours, tomba de l'autobus en marche en émettant un juron. Je me redressai et le vis glisser sur le pavé, loin derrière, sous la pluie. Quel con!

La porte se referma et je me rassis, tout retourné. C'était la première fois que je repoussais une attaque de la sorte, mes mains en tremblaient. J'avais eu aussi peur que lorsque l'Assassin m'avait tiré dessus. Être Dieu n'avait pas que de bons côtés, me dis-je en m'arrachant la peau de la cheville qui me piquait à mort.

Comme un ver dans une pomme, le 99 perça la cité et s'enfonça jusqu'à un édifice qui m'était familier. Les gargouilles me saluèrent au moment où je fis mon entrée glorieuse. Je m'étais remis de l'attaque du Motard et je me jurai que plus rien ne me ferait peur, désormais.

22

Écrasé dans mon fauteuil, les pieds sur mon bureau, j'observais avec détachement les suicidés qui tombaient des édifices voisins. Quelques malheureux survivaient à l'impact, mais ils étaient alors noyés par les milliers de passants qui les submergeaient comme une marée sans merci.

Las de ma journée de travail, je quittai le bureau vers quinze heures. Le Patron, la bouche pleine m'interpella mais je l'ignorai. Un jour, il allait s'étouffer, ce gros lard. Et j'espérais y assister.

La porte de l'ascenseur s'ouvrit sur un type à lunettes et à la face d'ange. Il devait avoir une vingtaine d'années, tout au plus. Il tenait dans ses main un livre, à la couverture un peu morbide. *Réincarnations*. Le pouce du jeune cachait le nom de l'auteur.

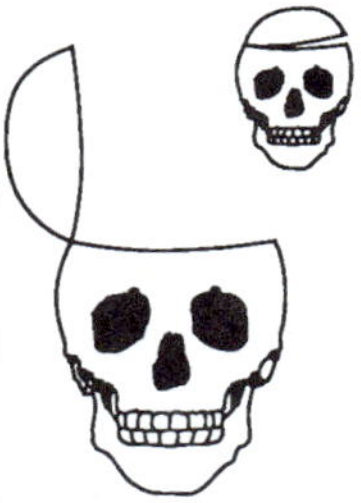

— C'est bien, ce livre? demandai-je, intrigué par ce titre qui me disait quelque chose.

— Ouais, pas mal. Mais je n'en suis qu'à la page 67.

— Vous savez, vous n'êtes qu'un personnage dans ma tête.

— Ah, vous l'avez donc lu vous aussi?

Il descendit avant moi. Étrange individu.

Dans la rue, j'ai échappé de justesse au poids d'un désabusé de la vie. Une chance, le 99, qui passait là par une pure coïncidence, me prit au passage.

— Et où va-t-on aujourd'hui, Seigneur?

— Au parlement, mon cher Chauffeur.

— Avec plaisir, monsieur Dieu.

Évitant soigneusement les dangereux piétons, notre vaillant autobus prit la route de l'Assemblée nationale, l'antre du Démon. Je goûtais chaque seconde de ce périple, ma première mission divine. Les gouttes sur le pare-brise, les essuie-glace, le tic-tac de ma montre, j'étais minuté comme un scout. J'allais me taper mon premier clown.

Le 99 s'arrêta devant l'entrée principale du Parlement, immense cathédrale aux cent une tours.

— Nous y voici, monsieur le Messie.

— Merci, Chauffeur. Je n'en ai pas pour longtemps.

— Amusez-vous bien.

Je l'aimais bien ce Chauffeur, je le sentais de connivence avec moi.

Il pleuvait encore. Mais je pris mon temps. Plutôt que de grimper tout de suite les marches menant à la porte d'entrée, je fis un petit détour afin de piétiner les fleurs qui bordaient le grand escalier. Hélas, elles étaient en plastique, et gardèrent leur éclat malgré mes efforts. Maudits politiciens. Ils pensent vraiment à tout.

J'entrai comme un pacha, saluant le garde d'un hochement de tête. Puis, un majordome vint à ma rencontre.

— Je désire rencontrer le Président.

— Je crois que monsieur le Président est en réunion avec son cabinet, monsieur. Attendez, je vais me renseigner.

— Non. Je dois le voir immédiatement. Mission divine.

— Vous êtes le Messie?!

— Dieu. Emmanuel Quelque-Chose, c'est moi.

— Ah! Il sera content de vous voir! Laissez-moi vous annoncer!

— Je préfère lui faire la surprise.

— Comme vous voulez. Il est au sommet de la plus haute tour du Parlement. Si vous le désirez, je peux vous y mener.

— Non merci, je préfère y aller seul. Merci.

— C'est moi qui vous remercie, Seigneur!

Je m'avançai dans le grand hall. Au bout d'un très long corridor, sous une voûte dorée, se dressait un stand de la Croix-Rouge. Les ascenseurs étaient juste à côté.

J'appuyai sur le bouton d'appel et observai le travail des bénévoles. Ils étaient six, dans le stand, à s'affairer autour d'un cadavre blême, qui tenait dans ses mains un biscuit et une tasse de café dont le contenu était renversé sur ses cuisses. De la poitrine du macchabée sortait un tube branché à une pompe monstrueuse, elle-même reliée à un tonneau de verre, rempli à moitié de sang vermeil. Le type était pressé comme un citron. Un des infirmiers, qui s'occupait à débrancher le cadavre, m'aperçut et me fit signe de m'asseoir. Je déclinai son invitation. Il agita un biscuit et pointa le doigt vers une cafetière, mais je refusai catégoriquement. L'ascenseur arriva au moment où deux infirmiers venaient de neutraliser le Majordome et le crucifiaient sur une croix de bois peinte en rouge.

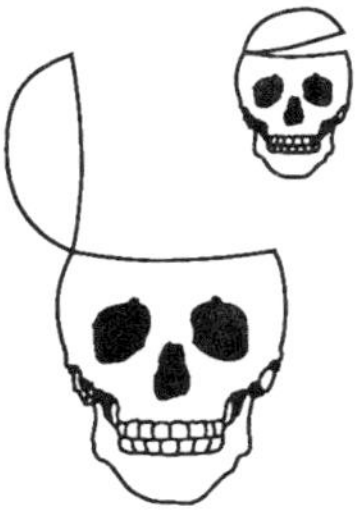

Dans la cabine, une vieille femme aux cheveux teints en blond. Elle portait des lunettes fumées et un sac de livres. Elle fit semblant de ne pas me remarquer.

Sa vue fit ressurgir en moi des souvenirs effacés de ma brève carrière d'écrivain. Ma mémoire se clarifiait un peu, maintenant. Cette vieille me faisait penser à une journaliste qui, autrefois, revendait les livres qu'on lui donnait en service de presse. J'avais retrouvé ainsi mon premier roman, dans lequel je lui avais écrit une dédicace, en vente chez un marchand de livres d'occasion, ce qui m'avait rendu furieux.

La vieille portait un sac plein de livres. Sa gueule semblait ruminer quelque gomme à mâcher disparue depuis des décennies. Je m'approchai.

— Dites donc, vous, je vous reconnais! lui lançai-je.

— Pardon, jeune homme? Vous voulez me racheter un de mes livres?

Elle me tendit un bouquin que je lui arrachai des mains. C'était bien elle: la Revendeuse! Une vague de haine insoupçonnée noya mon raisonnement. Je serrai le poing.

Sa tête fanée se cachait derrière des lunettes insolentes. Les étages filaient, le temps aussi. Un mot.

Bang. Elle s'effondra le nez en sang, molle comme un vieux chiffon. Mon cœur s'emballait tandis que mes jointures rougies tremblaient de plaisir. La pute était morte à mes pieds. Le glas sonna, et la porte de l'ascenseur s'ouvrit au sommet de la tour. J'étais réchauffé pour affronter mon pire ennemi.

Les portes se refermèrent sur le cadavre mou. J'avais encore dans la main le livre qu'elle avait tenté de me refiler. La chienne.

23

Devant moi, entourée de machines à écrire de tous les styles et de toutes les époques, une secrétaire m'attendait, le sourire aux lèvres.

— Puis-je vous aider, monsieur?

— Certainement, je viens rencontrer le Président.

— J'ai bien peur qu'il ne puisse vous recevoir: il est en réunion avec ses ministres et il ne veut pas être dérangé. Votre visite est-elle professionnelle ou personnelle?

— Personnelle.

— Alors, dans ce cas, c'est la deuxième porte à votre gauche.

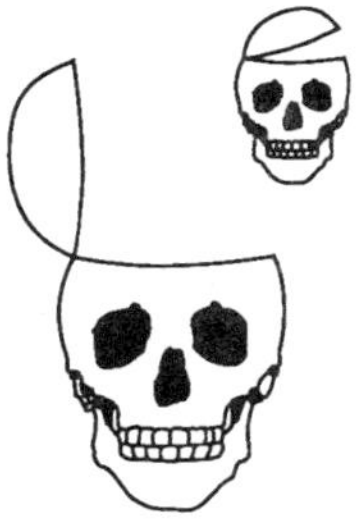

— Merci.

— Pardonnez mon ignorance, monsieur, mais seriez-vous par hasard une personnalité connue? Il me semble vous avoir déjà vu à la télévision.

— En effet, oui. Je suis... une vedette.

— Chic alors! Pouvez-vous me donner un autographe? On rencontre si peu de vedettes, ici.

— Mais bien sûr. Quel nom voulez-vous que je signe?

— Le vôtre, j'imagine.

— Pourquoi se limiter? Allez, dites-moi un nom.

— Eh bien, il y a cet écrivain. Un jeune, j'aime bien ce qu'il écrit.

Elle pointa le bouquin que je tenais distraitement dans les mains. Le livre de la vieille de l'ascenseur.

— Tiens, voilà justement son premier roman! Je vois que vous l'appréciez, vous aussi.

J'examinai le livre. Le titre me disait quelque chose. Probablement une de mes nombreuses victimes. La couverture était belle, le livre ne pouvait être que pourri. Et le nom de l'auteur. Oui, ce nom m'était familier. Il avait le même prénom que moi, en tout cas.

— Bon, si vous voulez. Je vais vous signer son prénom, qui est également le mien.

— Oh! Quel hasard!

— Comme vous dites. Maitenant, je dois y aller. J'ai une mission à accomplir.

— Merci encore!

Je glissai le roman dans la poche de mon imperméable. La deuxième porte à gauche. J'entrai sans frapper.

La pièce était assez vaste, avec en son centre une table en faux bois, autour de laquelle une douzaine de personnes discutaient. Au bout de la table, assis sur un fauteuil plus imposant que les autres, le Président. Derrière lui, sur le mur, une immense affiche montrait un gros plan démesuré de son visage. Cette photo était plus intimidante que l'homme lui-même, qui n'avait l'air de rien, grandeur nature.

À mon arrivée, tout le monde se tut. Comme à l'église.

Tic-tac, faisait l'horloge sur le mur, à côté du visage titanesque du président. Une fumée épaisse me piquait les yeux; les feux de l'Enfer crachés par la bouche des politiciens.

— Peut-on vous aider, monsieur?

Il m'adressa lui-même la parole. Je me trouvais sur son territoire, après tout..

— Oui. Je suis Dieu et je suis venu vous exterminer.

Plusieurs ministres se mirent à chuchoter entre eux. Dieu! Dieu existe! disaient-ils.

— M'exterminer? Moi? Mais je n'ai rien fait! Et si vous avez des preuves du contraire, elles sont fausses!

Son sourire ne quittait pas ses lèvres. Le ministre de la Justice prit la parole.

— Messieurs, je vous en prie, conduisez-vous en gens civilisés.

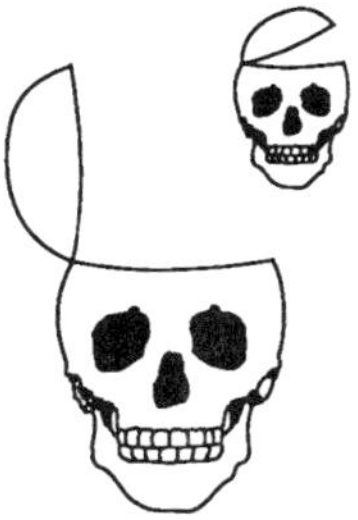

— Ne vous mêlez pas de ça, vous. Je suis venu ici pour tuer le Président, pas pour discuter avec son cabinet.

— Alors dans ce cas, je retire ce que j'ai dit. Je ne suis que ministre, après tout.

Le ministre des Finances se leva.

— Peut-on savoir pourquoi vous voulez bousiller notre Président?

— Parce qu'il est un agent du Démon et qu'il mène le pays à la ruine. C'est un... clown.

Cette affirmation fit l'effet d'une bombe. Tous, ils se retournèrent vers leur chef, le regard accusateur. Le Président, lui, tout miel, tenta de les calmer.

— Enfin, chers collègues, vous n'allez pas croire tout ce qu'on vous dit à mon sujet, quand même. Laissez-moi vous assurer que ce sont des déclarations fallacieuses et sans fondement, et que tout est sous contrôle.

Le ministre de la Justice se tourna vers moi.

— Et comment avez-vous l'intention de le tuer?

— Oui! Comment, hein? renchérit le Président.

— Bonne question, répondis-je. Je n'y avais pas vraiment pensé. Avec une arme à feu, j'imagine.

Avec un air de dérision, le Clown s'adressa à ses fidèles minstres.

— Vous voyez? Il n'est même pas organisé. Il s'agit visiblement d'un amateur!

— Alors, est-ce que quelqu'un peut me prêter une arme à feu afin que j'extermine cette vermine une fois pour toutes?

— Oui, firent-ils à l'unisson.

Chacun sortit un revolver d'un étui camouflé sous sa veste et me le tendit.

— Merci, merci, un seul suffira.

Je choisis celui du Président, de loin l'arme du plus gros calibre.

— Allez, Lucifer, baisse ton pantalon!

Le canon sous son long nez, il fut bien obligé d'obtempérer. En dépit de sa situation précaire, il continuait à sourire. Je n'aimais pas les clowns. Je ne les avais jamais aimés. Le pantalon aux chevilles, il me regardait passivement.

— Le caleçon aussi!

Hésitant, mais souriant, le Clown baissa ses culottes.

— Mais il a une grosse bite! s'exclama le ministre de la Défense.

— Ah le salaud! C'est injuste d'avoir un machin gros comme ça! fit le ministre de la Justice.

Effectivement, le Président était bien pourvu.

— Vous avez un gros engin, monsieur le Clown,

ce qui prouve que vous êtes bel et bien un agent de Satan! Penchez-vous, maintenant!

Docile, il s'exécuta. Penché sur la table, les fesses bien en l'air, il continua son plaidoyer, tout en crispant les zygomatiques. Sa denture était parfaite.

— Vous savez, vos allégations sont sans fondement. Je n'ai jamais travaillé pour le Diable, et même si je l'avais fait ç'aurait été dans le meilleur intérêt de tous...

Je fis entrer le bout du canon de mon .38 dans son anus serré.

— Ouille! Je disais donc, personne ne pourra prouver quoi que ce soit dans cette histoire...

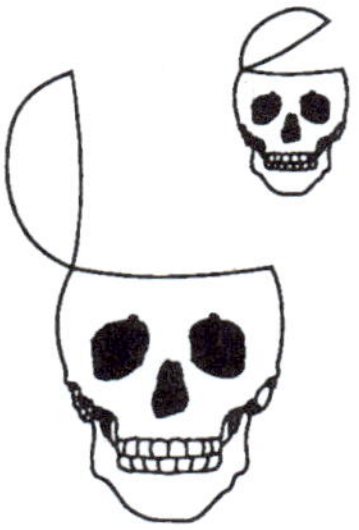

— Taisez-vous, bordel!

— Je n'ai rien à me reprocher et, de toute façon, je nie tout! D'ailleurs, je...

Le bruit de la détonation fut étouffé par le rectum du Président, dont la tête se pulvérisa et arrosa le sourire de l'affiche géante.

— Eh bien! firent tous les ministres.

Moi aussi, j'étais surpris de la puissance de l'arme. Il s'agissait vraiment d'un revolver présidentiel.

Une discussion éclata au sein du cabinet du défunt, car personne ne voulait nettoyer les dégâts, mais ils voulaient tous profiter de la grande limousine aux fauteuils de cuir véritable. Le ministre de la Justice proposa de tirer à la courte paille tandis que le ministre des Finances se pencha sur le cadavre avec une règle, afin de mesurer le sexe du Président. Quand les autres lui tournèrent le dos, il en profita pour faire les poches du Clown. Repu, je rangeai le revolver dans ma poche et me dirigeai vers l'ascenseur. La secrétaire me salua au passage.

Ce monde imaginaire était un peu plus propre, maintenant.

Les portes métalliques glissèrent, et j'entrai dans la cabine. J'étais seul, le cadavre de la vieille avait été proprement déblayé. Seul avec moi-même. Je fus pris d'un fou rire euphorique. C'était drôle, être Dieu. Être au-dessus de toutes les coutumes, de toutes les lois. J'étais libre. La seule personne libre de cet univers. Tout m'était permis. Si je voulais, je pouvais pisser dans cet ascenseur et personne n'avait le droit de me le reprocher. J'étais seul maître à bord.

Encouragé par cette pensée, je déboutonnai ma braguette et je me soulageai dans un coin de la cabine. Mon rire créait des zigzags dans le jet de mon urine, ce qui me fit rire encore plus.

J'avais le droit d'être infantile: j'étais un vieux croulant dans le coma.

24

Sorti de la tour du Diable, je mis le pied dans mon chariot divin, et ensemble nous quittâmes la ville en direction de mon palais. La route était cahoteuse, à cause de toutes les Branleuses et de tous les Motards qui jonchaient le sol, mais nous arrivâmes à bon port.

— Merci, et à demain!

— C'est ça, à demain, si Dieu le veut!

— Il le voudra!

— Et faites attention de ne pas vous blesser avec votre revolver!

Il souriait. Un sourire bizarre, un rictus, même. Ses yeux étaient gris comme le roc. Un frisson me chatouilla la nuque, que mes ongles ne surent calmer. La vue du 99 qui s'éloignait, comme un fauve à la fourrure vermeille, m'inquiétait. Les choses n'étaient pas ce qu'elles semblaient être.

J'avais un peu mal au ventre. Je rentrai chez moi à la hâte, comme pour me protéger de la pluie battante, et je claquai la porte derrière moi. Mais je ne pus semer la peur qui me poursuivait.

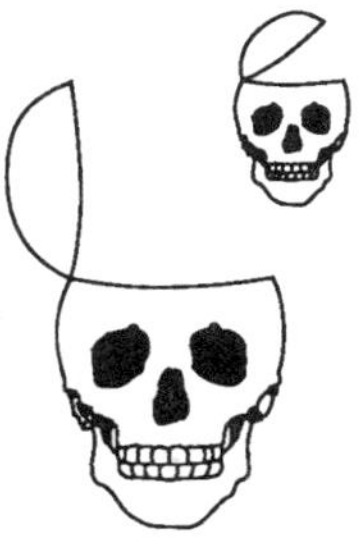

À la télévision, on parlait du nouveau Président, qui avait encore dans la main la courte paille qui l'avait mis au pouvoir. Il promettait des réformes et son nez avait déjà commencé à pousser. Je n'avais pas éliminé le problème.

Mais j'y avais gagné une arme à feu. Et un livre.

J'examinai longuement l'objet en question. Il avait été publié plusieurs années auparavant. Son titre m'était familier. *Incarnations*.

Du brouillard mnémonique de mon divin crâne ressurgit ce mot. Oui. Voilà comment j'avais intitulé mon premier roman. Je l'ouvris à la première page. Mon écriture. Une dédicace à la journaliste que j'avais tuée dans l'ascenseur.

J'étais tenté de le lire tout de suite, mais je préférai me garder ce plaisir pour le lendemain: j'étais épuisé et il se faisait tard. Le temps était venu de me coucher et de rêver à la réalité.

Au lit, satisfait de ma journée mais un peu perturbé par toute cette violence, je me surpris à me gratter le ventre. Creuser, toujours creuser dans la chair. Peut-être y trouverais-je quelque chose d'intéressant?

Mes doigts aux ongles sanglants descendirent un peu et manipulèrent mon sexe, qui réagit au stimulus. Je pensais à mon amante qui n'avait jamais existé. Mon pénis paraissait se souvenir d'elle, pourtant. Et comme chaque fois, je revoyais en esprit mon voisin, qui punissait la traîtresse.

25

Dans une chambre d'hôpital, au milieu des ténèbres de la nuit, un médecin me scruta la pupille avec sa petite lampe et je sentis le faisceau se balader dans ma tête comme un ovni. J'étais branché à plusieurs appareils qui me maintenaient en vie, des tubes sortaient de mes poignets et de mes chevilles, et des électrodes semblaient pousser sur mon front. J'étais le Christ, crucifié sur une croix drapée de blanc, coiffé d'une couronne d'épines électroniques.

26

Puis j'étais le Dieu-Critique, réveillé dans son lit, la mort dans l'âme.

Mon premier geste quand je me levai fut de courir vérifier si mon roman était encore dans le salon. Il s'y trouvait, déposé comme une pièce de musée sur la table basse, à côté du programme de télévision.

Je le pris dans mes mains, le caressant, le humant, le pesant. Une parcelle de ma jeunesse était imprimée dans ces pages. Un côté de moi oublié pour une raison mystérieuse, renié, effacé de ma mémoire. Prélevé. Même pas deux cents pages, mais le seul lien avec mon identité. La couverture montrait un serpent rouge qui se mord la queue, sur un fond manuscrit couleur chair. Incapable de me retenir plus longtemps, je l'ouvris et le lus avidement, laissant le temps passer et l'autobus m'attendre.

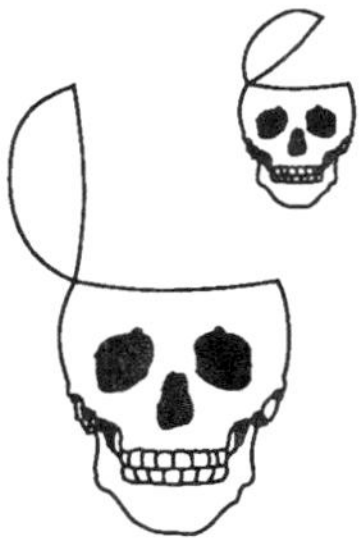

Trois heures s'écoulèrent, durant lesquelles je dévorai les lignes écrites par un étranger. Au fur et à mesure que les mots défilaient sous mes yeux, le souvenir de les avoir écrits refaisait apparition dans ma mémoire. J'avais vingt ans. J'étais jeune, naïf, ambitieux, enragé de réussir. Le livre était officiellement dédicacé, à la page 7, à quelqu'un qui avait été important dans ma vie. Une fille. Belle. En pensant à elle, je me surpris à penser à mon Voisin.

«Nous sommes Légion, mais nous ne formons qu'une seule et même entité. Nous sommes Dieu, l'Âme Unique, le Début et la Fin de Tout.» Voilà ce que disait mon premier roman. Et je ne pensais pas si bien dire, à l'époque: en effet, dans l'univers qui m'entourait, j'étais Dieu. Un Dieu prisonnier, ignorant, mais un Dieu quand même. Et un Dieu avec une mission.

Sortir de là.

Revenir à la maison.

Je décidai d'aller prendre l'autobus. Durant le trajet jusqu'à la ville, j'aurais sûrement le temps d'avoir une bonne idée. Oui. Je m'habillai donc et grimpai dans le 99, qui patientait devant chez moi, tel Pégase qui attend Persée.

— Bonjour, monsieur le Dieu Créateur.

— Bonjour, monsieur le Chauffeur.

Ses dents étaient de marbre, ses yeux d'acier. Ce visage. Il me faisait peur. J'imaginais que l'Assassin avait une tête comme la sienne.

27

Assis sur mon banc, au milieu des passagers habituels, je me sentais à ma place. Je ne craignais rien de mes confrères voyageurs. C'était le Chauffeur qui m'inquiétait. Cette tête qu'il avait, qui me rappelait-elle? Il avait l'air à l'aise dans cet univers qui pourtant m'appartenait. Il semblait le connaître comme le fond de sa poche. Mieux que moi, en tout cas.

Sur le banc du fond, derrière le Prêtre qui me fixait sans cesse, béat d'admiration, était installé le Motard, le bras dans le plâtre et des contusions partout sur le corps. Il avait survécu à sa chute, le petit vaurien, c'était un dur à cuire. On ne peut avoir que des amis, dans la vie. Même dans la mort.

Quel était le nom de famille de cette fille que j'avais aimé assez pour lui dédier mon premier roman? J'avais beau chercher, je ne trouvais pas. Je savais pourtant que son souvenir était imprimé dans la mémoire du critique comateux, et que l'univers dans lequel j'évoluais était une représentation de son esprit; elle s'y trouvait donc, quelque part, dans un sombre recoin. Et puisque j'étais Dieu, je devrais la retrouver, en principe.

Dans la cité, au milieu des tours et des cathédrales, le 99 me recracha comme un élément indigeste.

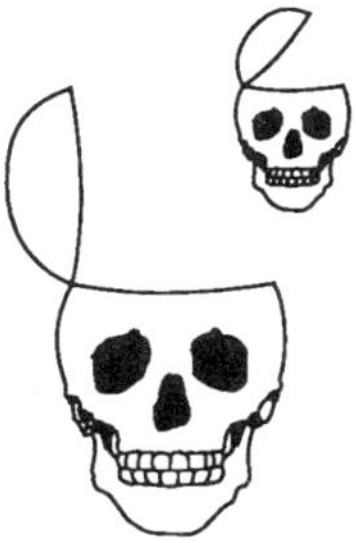

— Merci, monsieur le Chauffeur, et bonne route.

Le cœur n'y était plus. Cet homme aux dents menaçantes était le seul devant qui je doutais de ma divinité, et je ne voulais pas me le mettre à dos avant d'avoir éclairci le mystère de son identité, avant d'avoir compris à qui j'avais affaire.

Au septième étage, je consultai l'annuaire téléphonique à la recherche de la femme de ma vie. Elle seule pourrait me révéler les détails de ma jeunesse, et m'expliquer pourquoi de créateur j'étais devenu critique. Mais hélas, je n'avais que son prénom comme indice, le prénom de la dédicace. Un prénom somme toute assez commun, même si elle l'orthographiait de façon inhabituelle.

Les noms défilaient sous mes yeux fatigués, je ne

les lisais même plus à la fin. Habitait-elle encore dans cette ville? Était-elle encore en vie? Probablement, puisqu'il s'agissait là d'un univers onirique projeté par mon esprit.

Un bruit de déglutition m'interrompit. Ça provenait du bureau du Patron. Il avait probablement passé la nuit là, incapable de sortir par la porte. J'allai voir ce qu'il me voulait.

Il trônait au milieu de son bureau, assis sur le parquet, larve grotesque paralysée par sa graisse. Ses petites mains aux doigts boudinés tenaient une pomme pourrie et un cigare vert, qui exhalait une fumée putride. Il rota en m'apercevant.

— Oh, dites-donc, vous! J'voudrais qu'vous m'aidiez à aller aux toilettes. J'ai des gaz et mon ulcère m'fait souffrir.

— Désolé, j'ai à faire. Vous n'aviez qu'à moins manger, après tout.

Je fis mine de m'en aller et il beugla:

— Z'êtes renvoyé! Dehors! Kaput! J'veux plus vous voir! Beurp!

Son rot causa une secousse sismique dans les replis de sa chair et il en laissa échapper son cigare, qui après avoir roulé sur son ventre s'immobilisa, près de ses fesses. Un mince filet de fumée s'échappait du bâton malodorant, mais le Patron n'était plus assez souple pour le reprendre. Écœuré, je retournai à mon bureau, reprenant mes recherches là où je les avais laissées.

Une odeur de viande grillée s'immisça dans le local. Habitué aux fritures du Patron, je n'y fis pas attention sur le coup, mais je me rendis compte rapidement que le gros n'était pas en mesure de se lever, encore moins de se préparer un barbecue. Bah, qu'il brûle en enfer, me dis-je, filtrant les listes de noms.

Voilà. Celui-là, c'était le bon.

Je le reconnus tout de suite. Oui, il s'agissait bien de ma copine d'antan. Pas de doute. Et son adresse ne m'était pas inconnue: elle n'avait pas déménagé. Elle était restée au même endroit, comme si elle m'attendait. Je n'allais pas la décevoir.

Je notai la rue et le numéro et j'enfilai mon imperméable. En passant devant le bureau du Patron, je pus clairement sentir l'odeur de chair qui brûlait. Je risquai au passage un petit coup d'œil et je le vis, avachi, rôtissant tranquillement, mangeant un steak provenant de sa propre cuisse qui cuisait à petit feu. La douleur ne s'était pas encore frayé un chemin à travers sa peau molle, les nerfs étaient trop profondément enfouis. Il n'avait qu'à moins fumer!

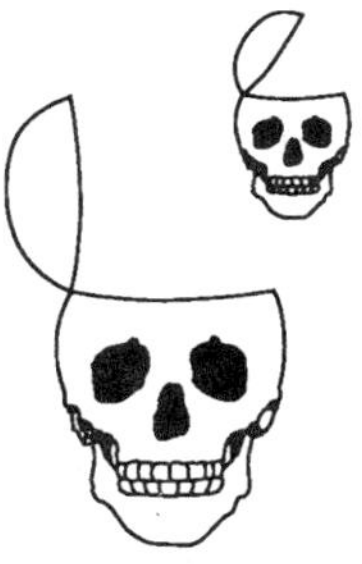

La porte de l'ascenseur s'ouvrit immédiatement, et un homme m'y attendait. Il avait un manuscrit sous le bras, l'air déterminé. J'en avais vu d'autres.

— Vous êtes écrivain? lui demandai-je.

— Non, éditeur.

— Tiens tiens. Et quel est ce texte entre vos mains?

— Ça? C'est une sorte d'essai, enfin, ce qu'il en reste, car il a échappé aux flammes où a péri son auteur. Son titre est *Devant Dieu*. Intéressant, non?

— En effet, puisque vous êtes devant moi. C'est un bon titre, j'en conviens, mais il a déjà été utilisé, j'en ai peur.

— Par qui?

— Par moi, cher éditeur. Dans mon premier roman, j'ai un texte qui s'intitule ainsi.

— Vous êtes écrivain?

— Non, critique. Vous me connaissez sûrement, je m'appelle Emmanuel...

— C'est pas vrai! Vous êtes ce salaud qui descend systématiquement tous nos poulains! Quelle ordure! Vous n'avez pas honte de décourager ainsi la relève?

— Oh, vous savez, on s'y fait. Vous n'êtes pas très sympathique, cher monsieur, ce qui est déplorable. On n'insulte pas un critique de ma trempe car j'ai le pouvoir de vous nuire terriblement. D'ailleurs, puisque vous tenez là un texte qui me rappelle mon premier roman, je vais vous faire subir le sort du personnage de l'éditeur de cette histoire.

— Mais enfin, pour qui vous prenez-vous...

— En tant qu'Être Suprême de cette dimension, par les pouvoirs qui me sont accordés, je déclare que vous allez mourir d'une crise cardiaque en lisant ce texte! J'ai dit!

— Complètement gâteux, ce type! On n'a pas idée de...

Je le laissai continuer, concentrant mon attention sur son rythme cardiaque. Bip, bip, bip. Ça ne pouvait pas être si difficile. Au rez-de-chaussée, je descendis, laissant derrière moi ma victime avec son manuscrit dans les mains. Bip, bip. J'étais Dieu, il n'était qu'une illusion. Bip.

La porte métallique se referma. Jamais je ne pourrais savoir si ma malédiction porterait fruit. Tant pis. J'aurais d'autres occasions.

28

L'autobus rouge m'attendait. Je grimpai dedans un peu intimidé, serrant dans ma main le papier sur lequel était écrite l'adresse de celle que j'avais aimée.

— Prêt à rencontrer votre dulcinée, monsieur Dieu?

— Euh... oui. Oui, monsieur le... Chauffeur.

— Attachez vos ceintures, ha ha!

Encore une fois, j'avais perdu toute confiance en moi à cause du Chauffeur. J'avais beau être Dieu, c'était lui, l'omniscient. Il ne semblait pas avoir les problèmes de mémoire qui m'affligeaient.

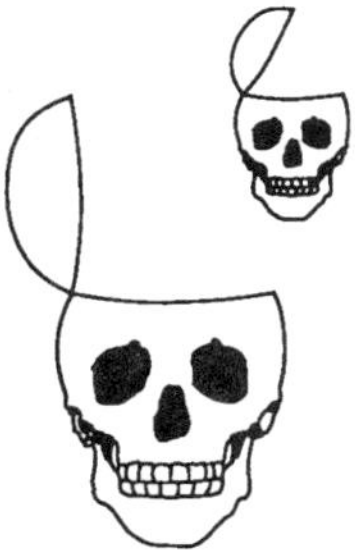

Le Romantique vint me voir. Jamais je ne l'avais vu adresser la parole à qui que ce soit. Il me sourit bêtement, comme un enfant de chœur, et me tendit une fleur de son bouquet.

— Voilà pour le monsieur qui va voir sa bien-aimée.

— Merci, merci. Vous savez, je suis...

— Même Dieu a besoin de quelqu'un à aimer. Voilà une seconde fleur, pour la chance. Donnez-lui un baiser de ma part, même si je ne la connais pas. Vous êtes bien chanceux.

— Pourquoi? La vôtre vous déçoit?

— Elle est morte depuis déjà bien longtemps.

— Je suis désolé. Mais vous savez, ici, la mort, ça ne veut pas dire grand-chose, croyez-moi.

— C'est moi qui l'ai tuée. Il y a des années. Je l'ai étranglée de mes propres mains. Comme ça. Elle était vivante puis elle ne l'était plus. Sa gorge faisait plein de bruits étranges. C'est un souvenir merveilleux.

— Mais vous... vous... enfin...

— Elle m'avait trompé. À plusieurs reprises. Et vous savez, vous avez beau leur pardonner, elles gardent le souvenir de leurs aventures, et quand elles couchent avec vous par la suite, vous ne pouvez jamais vraiment savoir à qui elles pensent. C'est très gênant.

— Oui, je comprends. La mémoire. La putain de mémoire. Moi-même, j'ai des problèmes avec mes souvenirs. Imaginez! C'est comme si on m'avait prélevé chirurgicalement mes circuits mnémoniques...

— Si j'avais eu un bon coffre à outils, c'est ce que j'aurais fait, plutôt que de l'étrangler. Je n'aime pas la violence.

— Moi non plus. Sauf quand c'est nécessaire, bien sûr.

— Évidemment. Tiens, je crois qu'on est arrivé. Bonne chance!

Le silence régnait à bord, comme si tout le monde retenait son souffle. Le 99 était arrêté devant une maison ordinaire, posée là, incognito. À l'intérieur vivait celle qui pourrait m'aider. Le souvenir de mon Voisin se superposait à l'image d'une belle femme, jeune et jolie, jeune et svelte. Le ventre me piquait atrocement, je me râclai la peau nerveusement. J'étais intimidé par tout ça, j'avais des papillons dans l'estomac, comme un adolescent en manque. Mes ongles ne rencontraient toujours pas de nombril sur mon abdomen. Grattez, mes chéris, grattez jusqu'au sang, faites disparaître la douleur. Creusez jusqu'à la félicité.

Rassemblant ce qui me restait de courage, je descendis du bus, feignant de ne pas voir le clin d'œil du Chauffeur. La pluie faisait danser les pétales de mes deux roses, tandis que je restais sur le pavé sans bouger, comme un bibelot. Une rigole coulait dans mon cou. La maison me regardait. Elle me reconnaissait. Elle n'avait pas peur de moi. Bip, bip, bip. Mon temps était compté. Critique, cardiaque, débrancher. Je sonnai à la porte.

Tic-tac, faisait ma montre. La pluie s'intensifia.

29

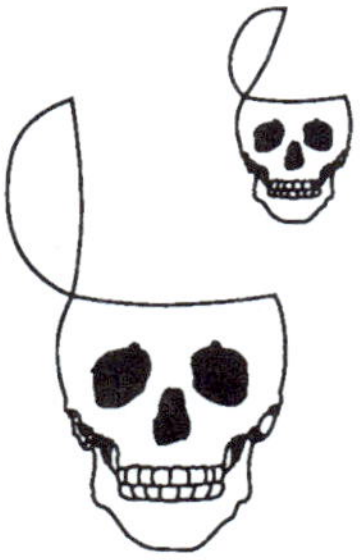

La poignée de la porte pivota et un visage apparut dans l'interstice. Un beau visage.

— Oui? Puis-je vous... oh!

Elle avait une meilleure mémoire que moi.

— Je peux entrer?

— Euh... oui. Oui, bien sûr. Excuse-moi, je ne m'attendais pas à te revoir comme ça. Entre.

Mes souvenirs me revenaient progressivement. Je l'avais récemment rencontrée, sans le savoir, dans l'ascenseur, en sortant du boulot. Elle m'avais plu, alors, sans que je sache de qui il s'agissait. Et elle me plaisait encore. Elle n'avait presque pas changé. Plus vieille oui, mais avec les mêmes yeux, la même bouche, le même corps. Comme si rien ne s'était passé. Mais que s'était-il passé, au fait?

— Tu es toujours aussi belle.

— Merci. Euh... Je peux t'offrir quelque chose à boire?

— Non merci. Tiens!

Je lui tendis les fleurs du Romantique. Le rouge des pétales se mêlait si bien au vert de ses yeux.

— Merci. Tu n'aurais pas dû.

Pour la première fois depuis longtemps, je me sentais à l'aise. Pas d'angoisses, pas d'horloge tyrannique, pas de démangeaisons. Je me sentais chez moi, ici, j'étais dans mon élément. Tout y était à sa place, répondant à la loi cosmique de l'équilibre. Une bouffée de mes vingt ans me ravigora l'esprit.

— Je peux m'asseoir?

— Bien sûr, bien sûr! Fais comme chez toi!

Sa voix touchait les bonnes cordes, elle s'harmonisait parfaitement avec cet environnement chaleureux. Le domaine d'un dieu, vraiment. Je pris place sur le gros sofa rouge, les pieds sur la petite table, par réflexe. Mes gestes répondaient plus de l'instinct que du réfléchi. Elle s'assit en face de moi, le regard interrogateur.

— Que me vaut l'honneur de cette... visite surprise?

— Eh bien, pour être franc... J'avais besoin de... comprendre.

Subtilement, son regard se durcit. Cela faisait-il aussi longtemps pour elle que pour moi?

— Comprendre quoi, au juste?

— Tout. Enfin, tout ce qui nous concerne tous les deux.

— Tu sais pourtant très bien ce qui s'est passé, non? N'était-ce pas toi, la tête froide du couple? Ne te vantais-tu pas tout le temps de ton pouvoir de réflexion même en temps de crise?

— Ben, euh, c'est-à-dire que...

— C'est-à-dire que quoi? Que tu avais raison et moi tort? Que tu n'es pas à blâmer dans toute cette histoire? Que l'autre con s'est cassé la gueule tout seul?

— Quel autre?

— Mais tu es amnésique ou quoi?

— Si on veut, oui. Enfin, pas vraiment, plutôt...

— D'accord, je vais jouer le jeu. Alors tu as tout oublié du petit minable avec qui je suis partie, hein? Tu ne te souviens pas de ce que j'avais essayé de te faire comprendre en te quittant? Hein?

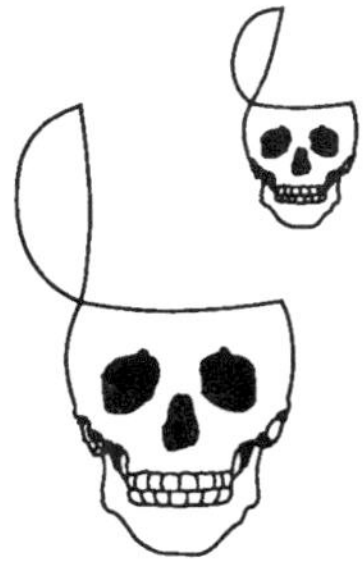

— Euh...

— Tu changeais, tu sais, avec tes livres. Oh, je ne m'inquiétais pas pour ton succès, mais tu m'oubliais tranquillement. Merde, tu te faisais l'amour à toi-même, avec ton écriture! Ce n'était pas très gai, tu sais, de vivre avec un gars comme toi.

— D-désolé, je ne...

— Et ce connard avec qui je me suis tirée, afin de te secouer un peu? Tu as joui, en lui tapant dessus? Ça t'a soulagé de le tabasser? Hein? Dis-le!

— Je ne sais pas...

— Ah non? En tout cas, tu ne t'es pas fait chier pour que je revienne! Tout ce que j'attendais était un signe minuscule de ta part, mais non, monsieur s'est retiré dans son coin, apitoyé sur lui-même, monsieur avait abandonné la bataille. Bordel, tu n'as pas levé le petit doigt pour que je revienne!

Le Voisin. Je ne pensais qu'à lui. L'adrénaline coulait à flots dans mes veines, je la sentais dans chacun de mes muscles. La traîtresse. Quatre lettres. Faire pisser le sang pour me soulager.

— Je me souviens, maintenant, lui dis-je. La douleur me revient.

— Allons, cesse de souffrir inutilement. Je n'ai pas agi pour te voir ainsi, tu sais. Je ne te voulais aucun mal, bien au contraire. Pauvre idiot, je t'aimais tellement. Comprends-tu, à présent?

Trahison. Voilà comment on appelait ça. Un couteau dans le dos.

— Mais la mémoire, dans tout ça. La maudite mémoire!

— Que veux-tu dire? Si tu as peur que je ne sois pas capable de pardonner ton comportement violent, tu es pessimiste.

— Non! Je veux parler de ta mémoire de *lui*!

— Il n'était qu'un pauvre minable. Il avait même de la difficulté à bander, c'est tout dire!

— Peu importe! Il y a dans ta cervelle des souvenirs indésirables! Intolérables!

— Du calme! Si tu es venu pour m'engueuler, retourne d'où tu viens! Je ne connais pas la rancune, moi!

— Tu m'as trahi! Tu as trahi Dieu! Tu es une infidèle! Une salope!

— Sors d'ici immédiatement! Je ne veux plus te voir!

Je me levai d'un coup. Les jointures de mes poings blanchissaient. Deux syllabes. La tempête faisait rage. J'étais en fusion.

— *Silence*!

Elle se figea. Ses yeux me fixaient, terrifiés. Elle ne semblait plus capable de bouger, comme paralysée par ma volonté. La volonté de Dieu.

Un mot.

Elle n'était qu'une statue. Je m'approchai d'elle, les mains tremblantes. Ses yeux me suivaient. D'une main, je lui caressai un sein à travers son chemisier. Elle ne pouvait rien contre moi. Je la dominais.

Ma main pressa le téton. Superposées aux images du Voisin et de sa femme, des visions de son corps nu se mélangeant au mien. Ses seins parfaits.
Ses cuisses douces. Sa voix...

J'arrachai l'étoffe. Elle ne portait pas de soutien-gorge. Si belle. Si... dangereuse.

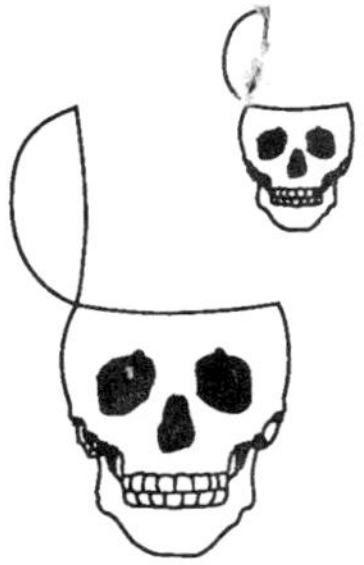

T.

J'étais déjà tombé dans ce piège.

U.

Plutôt mourir que souffrir à nouveau.

E.

Dans le placard d'entrée il y avait une pelle.

R.

Soulager la douleur.

Je la poussai. Elle tomba sur la table du salon, les yeux au ciel. J'étais Dieu, tout m'était permis. Sur le dos, seins nus, elle me fixait intensément. Soulager la douleur. Je dus poser ma pelle le temps de me gratter le ventre. Mes ongles s'enfoncèrent en vain dans ma chair. Rien ne peut calmer ce genre de démangeaison. Sauf...

— TU vas me soulagER!

Je levai la pelle au-dessus de ma tête, tel Abraham devant l'autel. Le bout métallique de mon arme sacrificielle râcla le plafond peint en noir.

— Ha ha! Toi aussi tu es tombée dans le panneau? Quel con, le type qui a eu cette idée de plafond, hein?

Des larmes coulaient à flots de ses yeux rougis, mais son expression figée était celle d'une femme déterminée. Malgré moi, je la trouvais belle. Mais il ne fallait pas, j'avais un soulagement à accomplir.

— Souris! lui ordonnai-je.

Ses joues se crispèrent, révélant une denture éclatante. Étais-je le seul à avoir des dents pourries? Au moins, comme ça, elle avait l'air d'un clown. D'un clown triste, mais d'un clown quand même.

Et vous savez combien je n'aime pas les clowns.

La pelle s'abattit en plein sur les dents blanches. Sa tête se divisa comme un pays mal dirigé.

Je recommençai plusieurs fois mon geste. Je n'étais plus sûr d'avoir la maîtrise de mes gestes. Peut-être était-ce le Voisin qui tirait les fils?

Quelques coups de biseau plus tard, j'avais devant moi la Vénus de Milo, engloutie dans une mer vermeille, parfaitement assortie aux roses du Romantique. Je ne ressentais rien devant ce spectacle, j'avais la tête ailleurs. Mon esprit avait quitté mon corps en même temps que le désir de soulager ma douleur, je n'étais plus qu'une carcasse vide de toute pensée.

Mon âme, au loin, perdue dans les souvenirs de ma dulcinée, essayait de comprendre quelque chose à tout ça.

30

L'aspect physique de ma personne quitta alors le domicile de cette femme qui n'en était plus une et reprit sa place dans le ventre du véhicule rouge qui l'attendait. Puis, sans un mot, le Chauffeur démarra et navigua dans une mer de squelettes et de cadavres en décomposition jusqu'à une habitation modeste, située à quelques kilomètres de la ville, loin du péché originel.

Le Critique se leva et descendit les trois marches du véhicule arrêté. Mais la porte de l'engin ne se referma pas tout de suite. Le Chauffeur l'interpella:

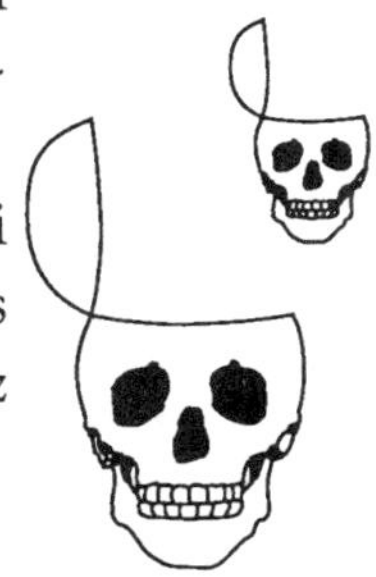

— À demain, monsieur le Dieu, si vous le voulez! Hé hé! Ne vous en faites pas pour la poule, elle n'était pas assez bonne pour nous!

Pour *nous*?

L'homme-dieu ne réagit point et entra distraitement dans sa maison, las et confus. C'est dans le salon, assis avec un sandwich, que son âme le réintégra, après un long périple dans le passé. La télévision braillait des bêtises sur le nouveau gouvernement.

— «... que le nouveau Président, anciennement ministre de la Défense, annonça son cabinet, expressément composé d'avocats et d'agents d'assurances. Selon lui, la situation est sous contrôle et il n'y aurait aucune raison de s'inquiéter.»

Le troisième gouvernement en trois jours. Il suffisait que l'on donne l'exemple en assassinant un clown pour que tout le monde s'y mette. Ils en étaient arrivés à s'entre-tuer, là-bas. Bof, c'était sûrement mieux comme ça. Un politicien ou un autre, de toute façon. Ils ne sont dangereux que pour ceux qui veulent bien se laisser menacer. Les vrais périls, laissez-moi vous dire, ce sont les chauffeurs d'autobus.

Quel était son rôle là-dedans? Où se situait-il par rapport à moi, Créateur de l'Univers? Car s'il se trouvait là, je l'y avait mis, consciemment ou non.

Consciemment ou non.

À qui me faisait-il penser? Son visage m'était familier, surtout ses maudits yeux. Gris. Dans mon premier roman, le personnage de Dieu avait les yeux gris. Ni noirs, ni blancs. Je m'étais trouvé bien subtil, en écrivant ça. Qui d'autre avec des yeux gris avais-je vu récemment? Le clown qui s'était fait mutiler par les scouts? Non. Le Président? Non plus. Ah oui. Je me souvenais, maintenant.

Le vieux de l'ascenseur.

Sa présence m'avait donné des frissons dans le dos. Comme le Chauffeur. Il devait y avoir un lien entre ces deux individus, mais lequel? De toute évidence, ils savaient quelque chose qui m'échappait. Comment cela était-il possible? J'étais Dieu! Dieu, nom de Moi! Seul un dieu pouvait en savoir plus qu'un autre dieu!

Était-il possible que nous soyons deux à délirer dans le même monde? La réalité onirique qui m'entourait était-elle le résultat d'un cauchemar commun, l'hybride accidentel de deux comateux? Cela me semblait un peu étrange. Pourquoi deux, pourquoi pas deux mille? Et tant qu'à y être pourquoi tout le monde ne rêvait pas au même univers?

Non. L'humanité ne se rêvait pas elle-même. Les gens étaient ici bien trop anonymes et trop cons pour être des dieux.

Manifestement, j'étais le nombril de ce monde, même si mon anatomie semblait privée temporairement de ce petit trou; il n'y avait pas vraiment de place pour un autre centre d'attention.

Un ovni passa dans le ciel. Par ma fenêtre, je pouvais voir le Voisin qui baisait sa femme sur la table de la cuisine. Il était obligé de lui tenir la tête, sinon elle roulait tout le temps. Un véritable étalon, ce type.

Peut-être étions nous les facettes d'une seule et même entité, qui aurait éclaté en plusieurs parties au moment de sa crise cardiaque. Dans ce cas, mon Voisin était très certainement le pénis du comateux.

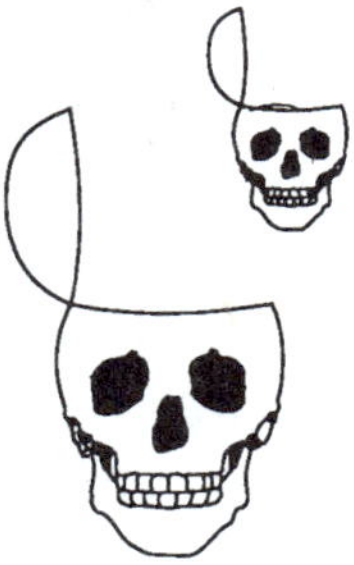

Intéressant, mais pas satisfaisant. Ça ne me disait rien d'être un élément parmi d'autres, c'était trop communiste à mon goût, et pas assez réaliste: j'avais trop de souvenirs, trop de personnalité pour n'être qu'une fraction d'individu.

Peut-être alors étaient-ils, *eux*, des facettes de ma personne? Mes mauvais côtés, par exemple. Ou les autres identités d'un individu aux personnalités multiples? Une Sibyl cosmique?

Pourquoi alors ne s'imposaient-ils pas plus? Pourquoi le 99 m'attendait-il devant chez moi? Ces personnalités n'étaient pas mes égales, elles semblaient me servir.

Si ces personnes étaient plus que des gens ordinaires mais moins que des dieux, puissantes mais à mon service, qu'en était-il d'elles? Ajoutez à cela qu'elles avaient des yeux gris, au contraire de moi, qui avais les yeux bruns. Brun merde. Eux, ils les avaient gris. Gris. Ni noirs, ni blancs. Comme le Dieu de mon premier roman.

Quelle facette de notre personnalité est grise, et donc incertaine, et échappe à notre contrôle direct, tout en étant à notre service?

L'inconscient.

Eh oui.

L'inconscient, ce mystérieux reflet de nous-mêmes. Cet autre nous qui prend parfois les décisions à notre place. Ce diable apparemment tenu en laisse mais qui nous mène où bon lui semble. Décidément, le Chauffeur avait bien choisi son métier, et moi, je m'étais bien fait baiser.

Et j'étais là, devant la télé, les mains pleines du sang de la seule femme que j'eusse jamais aimée. Oui, les yeux de l'Assassin devaient être gris.

Ni noirs, ni blancs.

31

J'avais beau évoluer dans un environnement immatériel, produit de mon imagination, j'étais profondément affecté par la mort de ma douce. Je la revoyais, le regard suppliant, exploser en un feu d'artifice sous les coups de ma hache de fortune. Ce geste, il avait été en moi tout ce temps, il avait traversé les âges pour se concrétiser enfin, quarante ans plus tard, dans une autre dimension. Quarante ans de rage contenue évaporée en un instant, pour n'être remplacée que par un regret infini. La mémoire est vraiment le pire ennemi.

Avec cette femme, l'histoire de ma vie m'était entièrement revenue. Je me revoyais, avide de création mais désabusé par mon incapacité à garder une relation stable avec la fille que j'aimais. Je me réentendais proclamer à qui voulait bien l'entendre que l'acte de créer était un refuge, que l'essence de la vie coulait dans des eaux plus saines.

Je m'étais donné une mission, alors: cesser de créer et empêcher les autres de commettre cet acte schizophrène. Ma destruction allait être à la hauteur de la création des plus grands, j'allais rétablir l'ordre dans une société devenue anarchiste. Grâce à ma plume, les petites filles ne quitteraient plus les petits garçons. J'allais gratter les pages des livres jusqu'à ce qu'elles deviennent blanches.

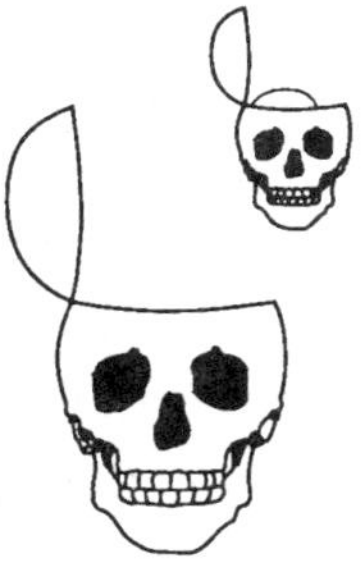

Je m'étais appliqué à mon art. J'avais mis autant d'énergie à détruire qu'à créer, sans même m'en rendre compte. De la destruction créatrice.

Le temps était venu de cesser de me mentir à moi-même, et de créer franchement. J'étais devenu Dieu, après tout, il fallait que je vive à la hauteur de cette fonction. Et je n'allais pas me laisser humilier par un vulgaire employé de la Société des transports en commun!

J'avais aimé cette fille.

Et je l'aimerais encore.

Je me laissai sombrer dans un demi-sommeil, étendu sur mon lit.

Créer. Concevoir. Produire.

Mon esprit était coincé dans une boucle infernale, revivant sans cesse la seconde où la tête de ma copine se séparait en deux. Je la voyais avaler la pelle dans une explosion d'émail et de cervelle, puis le haut de sa tête retombait en arrière, comme une moitié d'orange coupée en deux. La calotte crânienne n'avait pas fini de se stabiliser que les deux morceaux se recollaient et que je revoyais le métal fracasser les dents. Et ainsi de suite. Crac. Crac. Crac. À chaque battement de cœur, à chaque tic-tac d'horloge, à chaque battement du métronome. Elle mourait, mourait, mourait...

À un moment donné, je ne sais pas quand exactement, le son du métal sur ses dents se confondit avec le bip électronique qui scandait les battements de mon cœur. J'étais rendu

32

à l'hôpital, dans une chambre ténébreuse. Mes poignets me démangeaient, mes chevilles aussi. J'étais seul, au milieu de tous ces médecins. Bip. Bip. Il ne fallait pas gaspiller trop d'électricité en me gardant branché pour rien. Bip. Je n'étais que critique, après tout. Mes journées productives étaient derrière moi.

33

Je me réveillai en hurlant.

J'étais dans mon salon. C'était le matin. Il ne me restait plus beaucoup de temps.

Après mon beigne et mon café, je fis un petit séjour sur le trône, en sifflotant. Dans la dimension où je me trouvais, la constipation n'était plus qu'un mauvais souvenir. Mais cette fois, je ne tirai pas la chasse. J'avais d'autres plans.

Je prélevai le mort-né avec un chiffon doux, l'enveloppant soigneusement. Le bébé resta immobile. Une fois en sécurité dans un petit baluchon, je précipitai le reste de la portée dans les égouts. Puis je m'habillai.

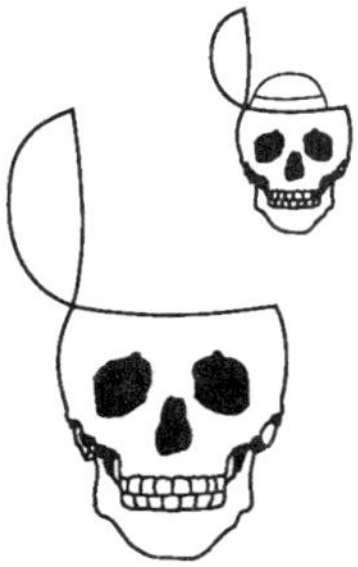

Le précieux paquet sous le bras, armé de mon revolver présidentiel, je quittai mon domicile pour affronter le temps pluvieux. Devant ma porte, tel un fauve affamé, le 99 me guettait. Je ne pouvais plus me laisser intimider par sa forme sinueuse et menaçante. J'entrai dans sa gueule le regard fier.

— Bonjour, monsieur le Conscient! Hé hé!

— C'est ça, bonjour!

— On est de mauvais poil, aujourd'hui? Ça ne saurait durer, sûrement. Après tout, vous avez plein de projets, non?

Je n'osais pas répondre. Le Chauffeur était l'Ennemi, l'Assassin, le Diable, le vrai, pas un de ses agents. Et quand on est en présence de Lucifer, on tremble, qu'on le veuille ou non.

— Vous ne dites rien, monsieur le Dieu Conscient? Avez-vous un billet, au moins? Vous savez, le transport n'est pas gratuit!

J'avais prévu le coup. Je lui présentai ma carte d'abonné.

— Bon, d'accord, vous êtes en règle. Tâchez de le rester, hein? Je vous ai déjà dit de faire gaffe, avec ce revolver.

L'autobus se mit en branle, Dieu et Diable dans son ventre. Je me faisais tout petit. Il savait tout de moi, le salaud. Était-ce parce qu'il était mon subconscient? Ou avait-il un quelconque pouvoir de divination? Mon ventre me démangeait.

Au fond de l'estomac du 99, le Prêtre gisait dans une mare de sang, aux pieds du Motard. Le Romantique ne lui prêtait aucune attention. L'Incontinent venait encore de chier dans ses culottes, ce qui masquait l'odeur de mon précieux paquet. Il créait sans cesse, celui-là, il en avait perdu le contrôle. Moi, j'avais toujours été du genre constipé. Il ne se rendait pas compte de sa chance.

Le Motard me fixait de ses trois yeux outranciers. Il était nu à part les bottes, habillé de ses seuls tatouages. Ses mains étaient maculées du sang de l'écclésiastique. Il pointa vers moi un doigt musclé:

— Moi j'crois pas en Dieu!

— S'il te plaît, pas aujourd'hui. J'ai d'autres chats à fouetter.

— J'ai dit: j'crois pas en Dieu!

Il se dirigea dangereusement vers moi et vers mon bébé. Je dégaînai.

— Halte! Un pas de plus et je te bousille le crâne.

— J'ai pas peur de toi!

— Mais que veux-tu, à la fin? Pourquoi t'acharnes-tu à me narguer jusqu'à ce que je me fâche? Souffrir est-il un but pour toi?

— Je hais Dieu!

Ses traits ne m'étaient pas étrangers, maintenant que je l'observais bien. Il me rappelait quelqu'un que j'avais connu, du temps où j'écrivais encore. Un type qui avait été mon ami, mais qui avait mal tourné, lui aussi. La jalousie était son fort. Il avait toujours voulu produire mais n'en avait jamais été capable. Et là, ce fantôme de mon passé menaçait directement mon œuvre.

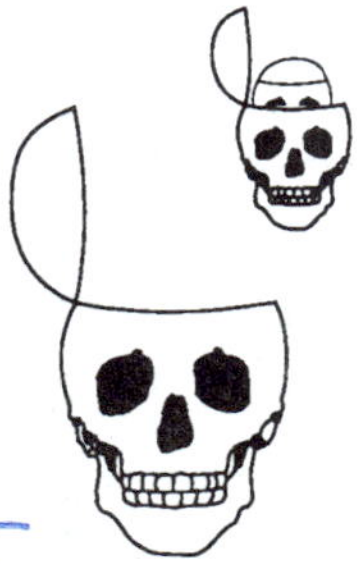

— Un pas et tu meurs.

Il mourut. Le coup résonna longtemps dans le bus, mais personne n'y fit attention. Il ne restait que deux balles dans le chargeur, il me fallait être prudent. Un morceau de chair de la tête du Motard était resté collé dans la fenêtre, me cachant le paysage. Sur le lambeau de peau poisseuse, un œil tatoué me fixait.

34

Le serpent écarlate rampa insidieusement jusqu'au siège de mon magazine littéraire, au milieu d'une forêt d'édifices gothiques. Ce pays imaginaire dépérissait rapidement. Mon seul espoir se trouvait dans mon baluchon.

— Merci, monsieur le Chauffeur.

— À bientôt, monsieur le Créateur. À très bientôt.

Je ne fis pas attention à son rictus, mon seul but étant de quitter les entrailles du 99. Une fois sur le trottoir, je poussai un soupir de soulagement, jouissant de la vue de l'autobus ophidien disparaissant dans la circulation. La pluie était froide mais rafraîchissante. Ouf, la voie était libre.

D'un pas pressé, je traversai la rue, évitant les voitures folles et les corps de suicidés qui pleuvaient de partout. Puis je montai au septième accomplir mon chef-d'œuvre.

Une odeur d'huile rance planait dans les locaux du magazine. La moquette de l'entrée était imbibée d'une matière grasse, comme de la graisse fondue. Ah oui, le Patron.

Je m'installai à mon bureau. Je déposai mon trésor sur la surface déblayée, délicatement, amoureusement. J'avais renoncé à la création parce qu'une fille m'avait quitté, mais alors, j'allais retrouver cet amour, et du coup l'écriture. Je bouclerais ainsi la boucle, et peut-être allais-je enfin me sortir de ce monde dégénéré. Car je comprenais alors qu'il s'agissait là, depuis le début, de ma mission.

Je déballai mon protégé, un noble étron frais du jour. Cette partie de moi allait devenir l'incarnation de ma puissance, de mon talent créateur. Je le contemplai longuement.

Une faible plainte me sortit de ma torpeur. Je n'étais pas seul. La main sur la crosse de mon revolver, j'entrepris une fouille méticuleuse des lieux. L'Ennemi n'allait pas contrecarrer mes plans alors que j'étais si près de la victoire.

Je le trouvai dans son bureau. Véritable squelette, à la silhouette d'un Juif de l'Holocauste, il gesticulait lentement, telle une araignée aux pattes filiformes. Une fine pellicule de peau calcinée collait encore à ses os. Ses yeux avaient fondu dans ses orbites. Il errait dans la pièce, tournant en rond, aveugle, se cognant partout. Sa plainte était un chuchotement torturé.

— Ma chair! Où est ma chair?

— Puis-je vous aider, Patron?

— Oui! J'veux r'trouver mes belles joues! Mon ventre tout rond! Mes fesses capitonnées!

— C'est trop tard, Patron. Trop tard.

— C't'impossible! J'veux ma panse! J'suis trop maigre! Où est ma panse?

Je fis demi-tour. Il était devenu inoffensif, je n'avais plus à me préoccuper de lui. Sa voix se fit un peu plus forte.

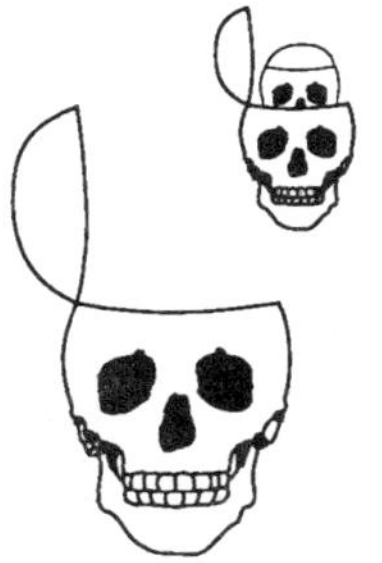

— Avez-vous que'que chose à manger? Une pomme? J'ai tellement faim! Tellement faim!

Pour qu'il se taise, je lui donnai ma ceinture de cuir. Il se rua dessus.

Mon œuvre inachevée m'attendait sagement sur ma table de travail. Je la retrouvai en trépignant à l'idée de ce qui allait se passer. Il y avait si longtemps que je n'avais pas... engendré.

Je déboutonnai ma braguette et baissai mon pantalon. J'arrive, ma chérie! Mon sexe pendait fièrement au-dessus de l'autel.

Tranquillement, la nature fit son œuvre et mon

pénis se gonfla, excité par la beauté de la chose. Puis, avec assurance, je mis la main à la pâte.

Un flot d'images coula en moi, souvenirs charnels de ma bien-aimée, et ma main suivit le courant, emportée par l'intensité de mes pensées lubriques. Oui me disait mon amour, viole cette chair qui t'est offerte, laboure-la comme si ta vie en dépendait, caresse-la pour l'adoucir et pétris-la pour la façonner à tes désirs, sens-la, pénètre-la, montre-lui ta rage, tes phantasmes, masse, flatte, frotte, sillonne, défonce, remue, fend, plonge, retourne, travaille, infiltre, pousse, oui, plus encore, enfonce et inonde et perce et continue oui ça vient oui ne t'arrête jamais continue continue continue tu me tues tu me tues me tues me tues...

Il pleuvait dehors mais il ne tomba que quelques gouttes sur mon bébé. Quelques parcelles de semence précieuse, de nectar divin. Ma main s'immobilisa, mon cœur vivait à l'accéléré. Le souffle court, j'admirais le spectacle qui s'offrait à mes yeux, celui de mon enfant baptisé. Mes genoux fléchirent, je m'assis malgré moi. L'effort m'avait demandé toute mon énergie. Après tant d'années.

J'avais vingt ans.

35

Alors que je contemplais ma réussite, un ovni passa dans le ciel. Tiens, ça faisait longtemps. Mon attention revint à mon ovaire fécondé. Rien n'avait bougé depuis quelques secondes, mais mon intuition divine me disait qu'à un autre niveau, ça bouillonnait d'activité. J'assistais au miracle de la vie.

Une bulle, puis une autre. La sève était doucement absorbée par la poignée de terre fertile. Une autre bulle. Le liquide blanchâtre faisait effet. Plein d'autres bulles. Quelque chose se passait.

La matière fécale était en ébullition. Sa couleur pâlissait, et son volume augmentait peu à peu. La flaque couleur café prenait de l'expansion sur mon bureau, s'appropriant l'espace nécessaire à sa survie. On aurait dit la conquête nazie de l'Europe. Puis, trois minutes plus tard, le liquide se solidifia et se mit à gonfler comme un soufflé au four. Oui, respire, ma belle. La pâte continua ainsi à monter jusqu'à atteindre le volume d'un être humain en position fœtale. C'est alors que le vrai miracle débuta.

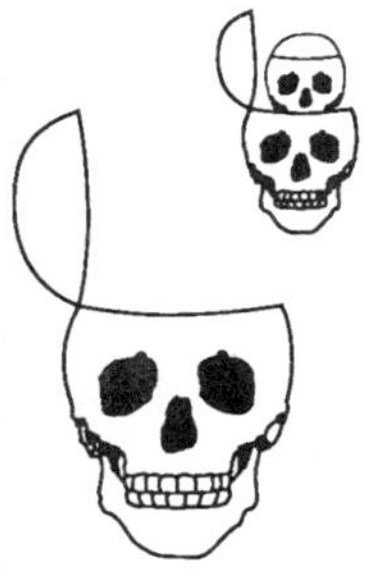

La forme posée sur mon bureau, issue de mes entrailles, se mit à se dessiner avec plus de précision. Je pouvais y distinguer des bras et des jambes, puis le contour de la tête. Les oreilles, les yeux fermés, la colonne vertébrale, le corps tout entier se modelait devant moi sans que j'aie à lever le petit doigt.

Puis tout s'arrêta.

De longues minutes passèrent ainsi. Je fixais bêtement la sculpture humaine sans que celle-ci donne le moindre signe de vie. Nous avions atteint un cul-de-sac. Et je n'avais pas la moindre idée de ce qu'il fallait faire ensuite.

La peau de ma créature était ocre, avec des reflets de bronze. Tout ça manquait un peu de vie. C'est ainsi qu'il me vint une idée.

Armé d'un coupe-papier, je me poinçonnai l'index de la main gauche et pressai la blessure afin de faire jaillir le sang. Quand une goutte perla au bout de mon doigt, je le plongeai dans l'anus de l'humanoïde recroquevillé devant moi, à la façon d'un docteur cruel. Puis, au bout de quelques secondes, je retirai le doigt et je pus admirer le résultat.

Mon sang s'était infiltré dans ce corps, et bientôt la carnation de mon enfant devint plus rosée. La vie circulait enfin dans cet être, et une longue chevelure poussa sur son crâne lisse, et des seins firent irruption sur sa poitrine. Le fœtus devint une femme et cette femme était la seule que j'eusse jamais aimée.

Ève, te voici.

Je sus alors que j'étais vraiment Dieu.

Ses yeux s'ouvrirent lentement, suavement, intelligemment. Verts, ils étaient verts comme la première feuille d'un arbre, pleins de fougue, d'appétit, de douceur. La plus belle de toutes, ma création me sourit alors que ses membres se déliaient méthodiquement. Nue sur mon pupitre, elle venait de naître.

— Et maintenant, mon amour, lève-toi et marche!

36

Son pied se posa sur le sol sans un bruit. Elle me fixait, muette comme la rosée, de ses émeraudes brillantes. J'avais aimé cette femme. En la toisant ainsi, je compris pourquoi j'avais écrit des livres. Et pourquoi j'allais recommencer. Il n'y avait pas de fin, en elle, il n'y avait qu'un début.

Je lui tendis la main, et le contact de sa peau provoqua comme une décharge électrique. Jamais mes doigts ne seraient assez propres pour la toucher. Elle se leva, glorieuse, sa peau de satin était le plus beau des vêtements. Personne ne méritait sa compagnie.

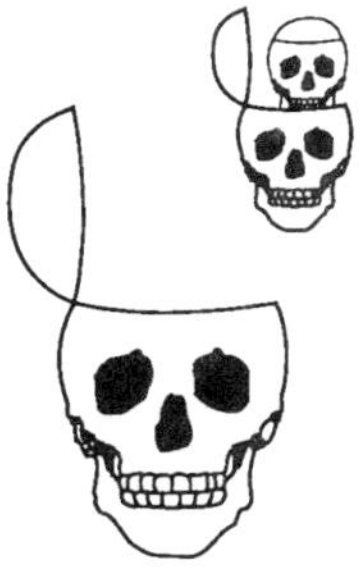

— Amour, je sacrifierais l'humanité pour toi.

Elle me sourit. Son regard était lourd de sens.

— Dis-moi que tu m'aimes, Ève, dis-le moi!

Ses yeux ne cillèrent pas. Mon impatience de connaître le son de sa voix me torturait.

— Dis quelque chose, n'importe quoi!

Ses lèvres se séparèrent et révélèrent des dents parfaites, la banqueroute de tous les dentistes. Mais aucun son ne jaillit de sa superbe gorge. Du vent. Son haleine fleurait les champs sous le soleil d'été.

— Pitié, Ève, ne me fais pas languir ainsi. Émets un son, n'importe lequel, je t'en prie.

Un cri horrible retentit. Je me raidis. Ève n'avait pas ouvert la bouche. Le son venait de l'extérieur, dans la rue. Je jetai un coup d'œil par la fenêtre.

C'était une scène horrible. Il y avait une foule au milieu de laquelle un dragon rouge s'en donnait à cœur joie, estropiant l'un par-ci, avalant l'autre par-là. C'était le 99. Dans sa gueule, au contrôle du monstre de métal, on pouvait distinguer le Chauffeur qui riait, semant la mort et la destruction. Le Jugement dernier.

Ma création regardait ce spectacle atroce sans sourciller. Comprenait-elle au moins ce qui se passait? Cette enveloppe aphrodisiaque renfermait-elle un cerveau? Je ne voulais plus la quitter, mais je savais que le moment était venu d'affronter l'Ennemi: il m'appelait.

— Ève, il faut maintenant descendre, il faut faire face au Chauffeur et à sa bête. Je veux que tu viennes avec moi. Comprends-tu?

Elle ne broncha pas. J'interprétai ce silence comme un oui. Par la main, sans prendre la peine de lui donner quelque chose pour la couvrir, je la guidai jusqu'à l'ascenseur, qui nous attendait les bras ouverts. Dans la cabine, une petite vieille aux lunettes fumées ne fit pas attention à nous. Ce n'était pas la critique de l'ascenseur du Parlement, aussi ne lui adressai-je pas la parole. Cette vieille dame ne se rendait pas compte que Dieu et Ève se tenaient à ses côtés, et que la fin du monde était proche. Elle ne savait pas qu'elle n'était qu'une idée dans l'esprit du Créateur. Elle n'avait probablement pas lu Berkeley.

Moi non plus, d'ailleurs.

37

Nous descendîmes au rez-de-chaussée, laissant derrière nous la grand-mère silencieuse. Les pieds nus d'Ève semblaient flotter au-dessus du sol. Tous les soldats du monde auraient voulu se rendre au champ de bataille accompagnés de cette déesse.

Dehors c'était le Chaos. Les passants d'habitude silencieux hurlaient pendant qu'ils se faisaient couper en deux par les crocs du Serpent 99. Certains se faisaient broyer par sa queue dévastatrice, ou piétiner sous ses quatre pneus griffus. Et dans cette chorale des damnés, une voix se distinguait des autres, celle du chef d'orchestre, le rire du Chauffeur.

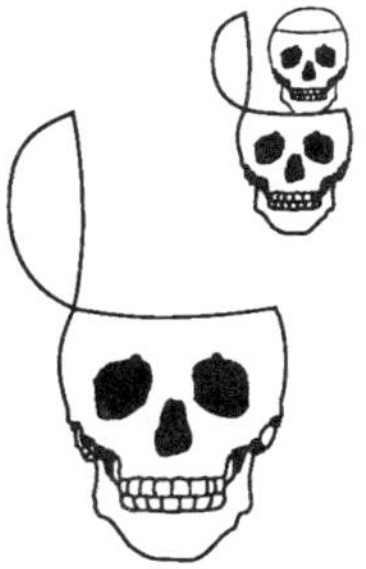

Ma bien-aimée restait de glace devant la scène qui s'offrait à elle. Des cadavres dépecés volaient dans tous les sens, mais des centaines de curieux s'étaient quand même rassemblés, s'offrant ainsi à l'appétit insatiable du Monstre. Étant donné l'origine de cet univers, j'étais forcé de constater que j'avais accumulé au fil des années une violence et une haine hors de l'ordinaire. Et tous les sentiments refoulés depuis le fatidique départ de ma copine jaillissaient devant moi, devant Dieu, comme sortis d'une boîte de Pandore. Le triste spectacle de mes démons intimes était humiliant, surtout à côté de la pureté d'Ève. Elle était nue, mais j'étais celui qui était dénudé.

Le Dragon m'aperçut, et sa grosse tête se retourna vers moi, dédaignant temporairement son repas. Entre ses dents, la tête du Chauffeur me regardait elle aussi, froide et grise comme la mort.

— Bonjour, monsieur le Créateur!

— Bonjour, monsieur le Chauffeur.

— Ne vous avais-je pas dit que nous allions nous revoir bientôt?

Comment faisait-il pour deviner l'avenir? Simple talent de déduction ou pouvoir surnaturel? Il avait l'air sûr de lui, en tout cas.

— J'ai deux mots à te dire, Chauffeur! Descends de ta monture!

Toujours aussi calme, il monta sur la langue du Serpent 99 et celle-ci le déposa gentiment sur le sol, comme une fleur. Son uniforme de la Société des transports en commun était parfaitement repassé, sans une seule tache du sang de ses victimes. Il s'approcha dangereusement de moi, comme précédé de ses yeux gris. Me retrouvant ainsi face à lui, je fus saisis de coliques et de démangeaisons.

— Tu veux me parler, le Critique?

— Euh... oui. Je dois te dire que je sais qui tu es, et que je crois avoir trouvé un moyen de sortir d'ici!

Il éclata d'un rire méchant. Ses yeux de métal ne clignèrent pas une seule fois.

— Pauvre con! Tu n'as rien compris! Tu es au début de la piste, vieux, tu as tout le chemin à parcourir, encore! Tu n'es rien!

— Ah oui? Et cette fille, hein, et cette fille, elle n'est rien, j'imagine?

— Ta création?

— Entièrement.

Son regard inhumain la scruta impudiquement.

La peau parfaite de son corps d'Ève se couvrit de frissons au contact de cet examen. Tant de beauté entourée par tant de carnage. Un coquelicot au milieu du champ de bataille.

— Alors, poupée, quel est ton nom?

— Elle s'appelle Ève! Et ce n'est pas ta poupée!

— D'accord, d'accord. Alors je disais donc, quel est votre nom, charmante demoiselle?

— Cesse de l'interroger ainsi, tu la rends nerveuse!

— *Silence*!

Sa voix me fit reculer. Son visage était dur et coupant comme une lame d'acier. Le poids de ses yeux me fit détourner le regard. Je me grattais le ventre à deux mains. Des larmes coulaient sur mes joues, tandis qu'il s'adressait à nouveau à ma création.

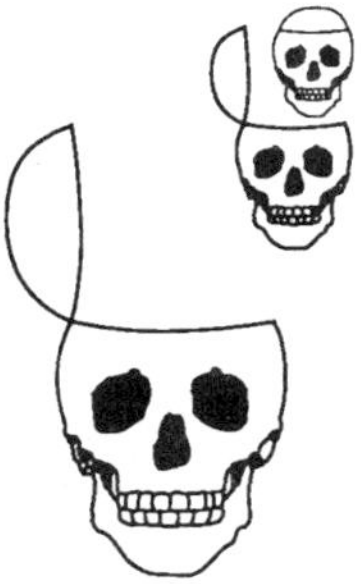

— Tu n'as pas de langue, ma jolie?

Elle restait de glace. Ses mamelons étaient durs comme des perles. J'aurais dû lui donner une chemise.

— Ton vilain maître ne t'a pas donné de voix? Quel monstre!

Indigné et acculé au mur, je ripostai violemment:

— Qu'est-ce que ça peut bien te faire qu'elle ne parle pas, hein?! Qu'est-ce que ça peut bien foutre!!

Il garda son calme et me fit son plus beau sourire.

— Tu sais, le fait de l'avoir ressuscitée n'excuse en rien tes actes, vieux. Tu l'as massacrée, mon gars, tu lui as ouvert la cervelle de sang-froid. Rien ne peut effacer cela. Et certainement pas cette création, qui n'est qu'un pâle reflet de ce qu'elle était vraiment. Cette fille n'est qu'un objet sexuel, pauvre imbécile, une concrétisation de tes fantasmes. Elle ne parle même pas!

— Elle en est incapable, c'est tout. Elle va apprendre, tu vas voir.

Il fit claquer ses doigts. Ève sursauta et sembla se réveiller. Sans me quitter des yeux, il s'adressa à nouveau à ma déesse.

— Ève, voici ton maître. La dernière fois que tu l'as vu, il t'a fendu le crâne avec une pelle et t'a ensuite décapitée. Le reconnais-tu?

— Oui, je le reconnais.

Sa voix était si belle! Si parfaite! Mon cœur en fut tout bouleversé. Ces lèvres qui si souvent m'avaient dit «je t'aime». Ma gorge se noua. Le Chauffeur, lui, continua, insensible aux charmes de mon enfant.

— Il prétend t'avoir créée, Ève. Montre-lui ce qui est arrivé au docteur Frankenstein, ma belle, montre-lui ce qu'on réserve à ceux qui se croient créateurs. Fais-lui une critique de son œuvre...

Je fixais ses mamelons durcis, hypnotisé par leur symétrie et leurs proportions parfaites lorsqu'elle me sauta dessus. J'eus à peine le temps d'esquiver ses ongles qui tentèrent de m'arracher les yeux.

Nous roulâmes par terre, le contact de sa peau me fit frémir. Elle était féroce, comme possédée par un démon. Désespéré, j'essayais de la neutraliser sans trop lui faire de mal, mais je ne m'étais jamais vraiment battu, et je n'étais pas en forme. Bientôt, c'est elle qui me dominait. Mes mains couraient partout sur son corps, mais elle ne sentait rien. J'avais beau lui écraser les seins ou lui mordre le clitoris, elle était invulnérable. Durant la lutte, je pus apercevoir ses yeux féroces: ils étaient gris. J'avais perdu. Le rire du Chauffeur résonnait dans mes tympans et je me protégeais de ses coups vicieux lorsque ma main rencontra une bosse familière à ma ceinture, souvenir du Président.

Dans un dernier effort, je la renversai de façon à me dégager pendant quelques instants. J'étais sur le dos, dans une bien mauvaise posture, mais je pus dégaîner à temps. Sa tête explosa comme une citrouille. Elle tomba dans mes bras.

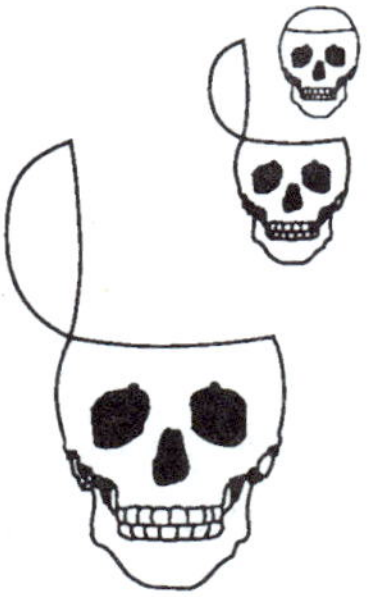

J'éclatai en sanglots. Je n'avais pas voulu la tuer à nouveau! J'avais juré que je ne recommencerais pas! Pourquoi tant de violence? Le Chauffeur me regardait d'un air condescendant. Ce salaud! Il allait payer!

Il ne bougea pas tandis que je le tenais en joue avec la seule balle qui me restait. Le bout du canon tremblait, j'étais en état de choc.

— Ordure! Fumier! Enculé de putain de connard de Chauffeur de merde!

— Tss tss. Tu n'as que toi-même à blâmer. Je ne suis que le reflet de ton subconscient, tu te souviens?

Son sourire s'élargit. J'ignorais avoir eu en moi tant de cruauté et d'amertume. Et tant de volonté de destruction. Il était temps que ce désir néfaste se retourne contre lui-même. Je brandis l'arme sous le nez de mon frère-ennemi. Il n'avait pas le monopole des yeux gris, et j'allais le lui prouver.

Tout en le tenant en joue, je me concentrai sur mes pupilles. Un simple changement chromatique. Satan haussait les sourcils à la vue de mes efforts. Il savait que j'en étais capable, il le savait.

Moi aussi, je le savais. Un peu plus fort. Poussez, poussez, je sens que ça vient. Gris. Seulement une couleur. Encore un peu plus. Plus fort. Oui, vous y êtes presque, je vois sa tête. Juste un peu plus, on y est...

Voilà. Je n'avais pas de miroir pour me confirmer ma victoire, mais je savais. Et lui aussi. Nous savions. Ni noirs, ni blancs. Un jeu qui se joue à deux. Il ne me fit pas le plaisir de reconnaître ouvertement ma victoire, mais tant pis.

— Et maintenant, je vais te suicider, enfoiré. Je vais te lobotomiser!

Je n'attendis pas sa réponse: ses dents éclatèrent au moment où la balle traversait ses pensées. Une fleur fit éclosion derrière sa tête pendant une seconde pour se faner tout de suite et se transformer en une pluie vermeille. Le corps resta debout le temps de cligner des yeux une dernière fois. Il bascula ensuite comme une statue renversée, sans un bruit, comme dans un rêve. Partout où j'allais, le sang coulait à flots.

Un hurlement me fit sursauter. Le Serpent. Il revenait à la vie! Sans me retourner, je me relevai et courus droit devant chercher un refuge. Je sentais le sol vibrer sous ses pas. Son maître était mort, il allait le venger.

Piétinant quelques innocents au passage, il plongea sur moi comme j'étais au beau milieu de la rue. D'instinct, je me plaquai contre le sol et sa masse métallique me frôla le dos. Je repartis dans la direction contraire.

Mais j'avais oublié sa longue queue. Elle tenta de me cueillir au passage tandis que sa tête faisait volte-face, dans le but de me coincer. J'étais pris au piège entre ses crocs acérés et son gigantesque appendice écailleux. Le bout de sa queue et sa tête armée de ciseaux vénéneux allaient m'atteindre lorsque je sautai sous son ventre, pour rouler de l'autre côté vers la liberté. Le Serpent ne put freiner son mouvement et se retrouva la queue dans la gueule. Il mordit goulûment pensant m'avoir coincé, et un râle horrible s'échappa de sa gorge. La vision du Serpent ainsi coincé dans une position fœtale, tel l'Ouroboros, me fit penser à la couverture de mon premier roman.

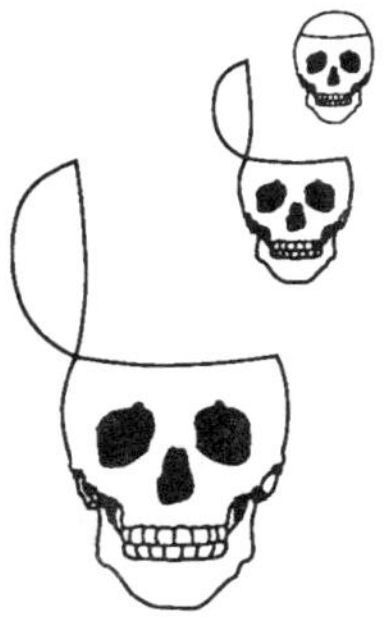

Et j'avais repris ce thème sur mon second roman, dont le titre était...

Une voiture me renversa.

Tout devint noir.

38

Je rouvris les yeux sur le ciel bleu. La pluie avait cessé! Aucun nuage ne venait tacher les cieux, on se serait cru dans une carte postale du Pacifique. Mon inconscience avait probablement duré plusieurs heures.

J'étais étendu sur une pile d'ordures ménagères. La violence de la collision m'avait projeté dans les airs, une chance que ces sacs avaient amorti ma chute. Mes narines ne détectaient aucune mauvaise odeur, mais j'étais encore sonné. Il me fallait mesurer l'étendue des dégâts.

Très doucement, je remuai mes extrémités. Rien. Mes articulations? Rien non plus. Pas de maux de tête, pas de contusions, pas de trace de sang. J'étais comme neuf, frais sorti du four. À part cette sensation d'inconfort. Allez y comprendre quelque chose.

Une fois sur pied, je me rendis compte que je ne connaissais pas cette ruelle; je ne voyais pas où elle pouvait se situer par rapport au lieu de l'accident. Il n'y avait personne dans les environs, pas de cadavres de passants, pas de Serpent, pas même de suicidés volants. Comme si je m'étais réveillé dans un décor de film.

La ruelle débouchait sur l'intersection d'une avenue et d'un boulevard. Non, ce n'était plus la même ville. Tout y était trop propre, trop simple. Était-ce le résultat de mon combat contre le Serpent? Peut-être ma mission était-elle accomplie...

Je consultai un panneau sur lequel était indiqué le nom de l'avenue: «Avenue». C'était tout. Et le boulevard: «Boulevard». Tiens tiens.

Je déambulai un peu dans l'avenue Avenue afin d'explorer ce nouveau monde étrange. Un peu plus loin, là où aurait dû se trouver l'édifice de mon magazine littéraire, se dressait une tour moderne, bien qu'un peu terne. Tout, d'ailleurs, avait un air... comment dire? Inachevé? Non. Plutôt... flou. Vague.

Des automobiles étaient garées le long du trottoir, mais aucun véhicule ne circulait sur les routes.

Mon impression de me retrouver dans un décor de cinéma devenait de plus en plus forte. Les panneaux étaient vides, les devantures des magasins anonymes. Et personne dans les rues. Personne nulle part. Pas même un figurant.

Aucune brise ne soufflait sur mon visage tandis que j'avançais sur le trottoir uniforme. Mon odorat était désespérément à la recherche d'un effluve quelconque, de quelque chose à se mettre sous la dent. Le vide.

Un cri d'enfant attira mon attention. Vite, je courus dans sa direction.

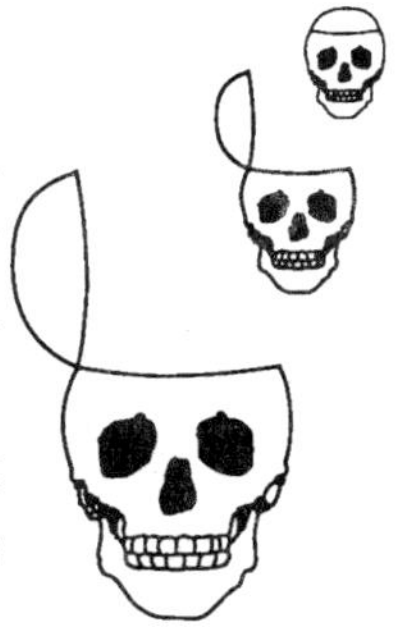

En tournant le coin, je faillis renverser un homme. Ahuri, je me trouvai au milieu d'une rue animée, d'une rue *normale*. Un café-terrasse faisait face à un petit parc dans lequel jouaient des enfants, tandis que des passants affairés marchaient sur le trottoir. Dans la rue roulaient des voitures, comme dans toutes les villes.

Mais une chose clochait. Toutes ces automobiles étaient du même modèle le plus banal, lisses, exemptes de toute individualité.

Et elles étaient toutes rouges.

39

Je m'approchai d'un homme qui marchait d'un pas rapide. Je distinguais mal les traits de son visage, et il tourna le coin avant que je puisse clairement l'observer. Je mis alors le cap sur une dame, afin de la scruter en détail. Mais ses vêtements étaient flous, indistincts, informes. Mes yeux n'arrivaient pas à faire la mise au point en les fixant. Comme si j'avais eu besoin de lunettes.

— Madame! Oh! Madame!

Elle continua son chemin sans faire attention à mes appels. Elle disparut dans une boutique anonyme, à la vitrine opaque.

Je dirigeai alors mon attention vers les enfants dans le parc. Ils hurlaient et couraient dans tous les sens, sans motif apparent. J'en attrapai un par le bras. Il ne semblait pas y avoir de parents pour les surveiller.

Cette fois-ci, j'eus le temps de bien examiner son visage: deux cavités à la place des yeux, une bosse comme nez, et un immense trou béant d'où sortaient des hurlements et des lamentations incohérentes. Aucune expression, aucune humanité. L'enfant-monstre poussa un cri strident et je le laissai partir, bouleversé par ce que je venais de voir. Maintenant, sans les discerner, je devinais les traits des passants autour de moi. Des semi-humains, des esquisses. Dans quel Enfer étais-je tombé?

Les automobiles qui passaient devant moi disparaissaient au loin, ou s'engageaient dans des rues transversales pour ne jamais reparaître. Elles n'étaient présentes que pour donner l'illusion d'une rue vivante. Il en allait de même pour les passants. Tous des parures. Des figurants.

Le café d'en face se distinguait du reste. Sa façade avait un je-ne-sais-quoi de plus... précis. On pouvait presque y discerner des briques, au contraire des autres maisons. Des rideaux étaient accrochés aux fenêtres, sa vitrine laissait entrevoir l'intérieur. Au-dessus de la porte d'entrée, une pancarte lumineuse disait: «Café». Il n'y avait pas de noms propres, ici. Une ville générique. Manifestement, ce lieu avait une importance que les autres n'avaient pas.

À l'autre bout de la rue, un second bâtiment attirait l'attention. On aurait dit une école. Un café et une école. Étrange. Quelque chose, me disait que j'aurais dû reconnaître cet endroit.

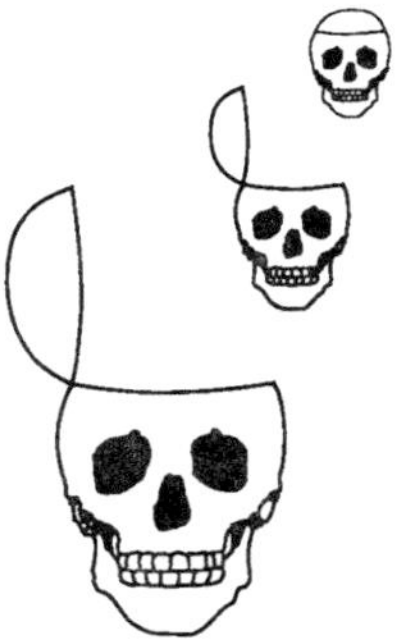

La mise en scène donnait l'impression que la rue n'était qu'une toile de fond pour le café, comme si on y tournait un scène importante. Quelqu'un, ou quelque chose, était à l'intérieur de ce commerce. Quelqu'un d'important. Le Dieu du coin?

Je décidai de concentrer mes investigations sur ce petit restaurant. J'avais le sentiment que j'y trouverais la clé du mystère. Mais tant et aussi longtemps que j'ignorais dans quel univers j'évoluais, la prudence s'imposait. Je contournai donc le bâtiment par la ruelle, à la recherche d'un accès plus discret.

Pas de chats. Pas de clochards. Juste un sac à ordures. Et la porte des cuisines, simple rectangle creusé dans le mur flou de l'établissement. Les contours de l'embouchure étaient imprécis, à peine suffisants pour laisser passer quelqu'un. Cet endroit n'avait probablement pas d'importance. Personne ne gardait la porte.

J'entrai donc, méfiant, dans la cuisine du petit café. Aucun cuisinier, aucun plongeur, même pas d'ustensiles. Au fond de cette pièce mal équipée, décorée à la va-vite, une autre porte, celle-là légèrement mieux définie. Un tablier pendait à un crochet, le seul objet net et précis des environs. Sans me poser de question, je l'enfilai, afin de passer inaperçu. Un silence de mort régnait. Machinalement, je me grattai le ventre. Je n'avais pas retrouvé mon nombril.

Je franchis la porte, et ce fut comme si je pénétrais dans une autre dimension. Des bruits de conversations, de la fumée, des gens animés, des odeurs de cuisine. Ébahi, je restai immobile quelques secondes, le temps de m'adapter à ce changement, puis je me penchai vers la première table à ma gauche.

Deux silouhettes échangeaient des propos inintelligibles. Leurs visages n'étaient pas achevés, ils n'avaient que des bouches, et je ne pouvais pas déterminer leur sexe. Leur conversation n'avait aucun sens, comme si ces personnes ne parlaient que pour faire un bruit de fond. Personne ne semblait me voir même si mon visage n'était qu'à quelques centimètres du leur. Sans yeux, on ne voit rien. Et ils n'avaient même pas d'oreilles.

Je quittai le couple humanoïde pour aller voir ce qui se passait à la table voisine. Même chose: trois personnes informes faisaient semblant de discuter. Pas d'yeux, pas d'oreilles, pas de visages. Mais des bouches. Partout des bouches qui faisaient du bruit.

J'avançai un peu plus loin dans le ventre de la baleine, attiré malgré moi par ce monde abstrait. Plus je m'approchais de la vitrine, plus les visages des clients étaient clairement dessinés. Celui-ci avait un nez, et deux taches à la place des yeux. Celle-là avait des cheveux blonds et du rouge à lèvres. Pas de nez, mais une oreille. Les vêtements aussi s'amélioraient. Certains avaient de la couleur, les étoffes variaient un peu. Je vis même un chapeau, bien que celui-ci se fondît avec la tête qui le portait.

Ce «crescendo de réalisme» me fit aboutir à une table un peu à part des autres. Elle était garnie d'une nappe, très claire, en coton bleu, sur laquelle étaient posés une tasse et un verre. Un jeune garçon et un vieillard y étaient assis: leur visage était on ne peut plus détaillé. Des êtres humains. Les seuls de l'endroit. Ils discutaient sans vraiment faire attention au reste.

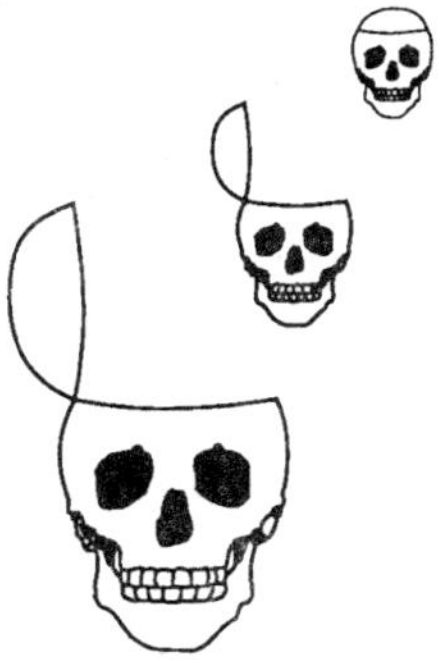

Le gosse, âgé de sept ou huit ans, avait une sale tête. Les joues creuses, l'air malade, il était squelettique. Ses yeux passaient du gris au bleu, selon l'angle duquel on les observait. Ce visage ne m'était pas inconnu, je l'avais vu récemment. Dans l'ascenseur, il me semblait. Ah oui! Le petit garçon impatient, quand l'ascenseur était bondé de gens étranges. Oui, c'était bien lui. Qu'est-ce qu'il foutait là?

J'eus un choc: le vieil homme avec qui il s'entretenait était mon portrait tout craché! Même visage fatigué, mêmes rides, même bouche, même nez. Il avait les yeux gris, comme je les avais à la fin, avant mon accident. Il était mon reflet, mon frère jumeau. Je m'emparai d'une cuiller à la table voisine en guise de miroir.

Je n'avais plus la même tête.

J'avais rajeuni d'au moins trente ans, et mes traits étaient différents. J'étais un étranger. Et mon identité s'était enfuie avec ma physionomie. Tout était à recommencer.

Le vieux et le jeune m'ignoraient. Pourtant, mon visage était bien dessiné, au contraire des autres. Et j'avais gardé mes yeux gris.

40

Pourquoi éprouvais-je encore cette étrange sensation de déjà-vu? Je n'étais pourtant jamais venu ici, je m'en serais souvenu. Et je n'avais jamais entendu parler d'un univers comme celui-ci, où tout n'était qu'artifice. Pas un nom propre en vue, rien que des noms communs, des surnoms...

Voilà peut-être la raison de mon étrange impression. Dans ma jeunesse d'écrivain, dans un monde qui n'existait plus, j'avais décrit des mondes comme ça, en m'abstenant de donner des noms propres aux gens et aux lieux. J'avais voulu ainsi créer une littérature plus internationale, plus accessible aux gens des diverses cultures, libre des connotations ratachées aux noms propres, différentes pour chaque individu.

D'ailleurs, à bien y penser, je comprenais que l'univers créé par mon coma *était* générique. Le Patron, la Branleuse, le Chauffeur. Un seul prénom, le mien. Et encore, un prénom qui avait une signification précise.

Mon cœur s'arrêta net. Mes écrits. Ça me revenait, maintenant. Tout devenait clair.

Une école. Un café-terrasse. Un petit garçon et un vieillard.

Ça ne pouvait pas être un hasard.

Je dus lutter contre la panique qui montait en moi. Du calme, je me trompais peut-être! Le sol se dérobait sous mes pieds, mais je réussis à tituber jusqu'à la table du Jeune et du Vieux, afin de vérifier si mes craintes étaient fondées.

Il n'y avait maintenant plus de doute. Je perdis les pédales.

— Oh mon Dieu! m'écriai-je. Oh non, c'est un cauchemar, ça ne se peut pas! Dites-moi que ce n'est pas vrai!

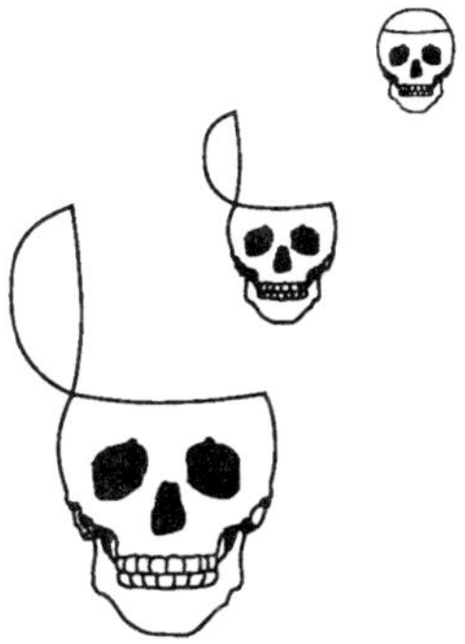

Le Vieux me regarda paisiblement, imperturbable. Il en avait vu d'autres. Il tenta de me rassurer.

— Si ça peut vous faire plaisir, alors ce n'est pas vrai, répondit-il simplement.

Je reconnaissais ce dialogue! Quelle horreur! Je saisis le bras du garçon, que je serrai de toute mon angoisse. Il était bien réel, le petit salaud. Il se dégagea brusquement de mon emprise.

— Eh! Ne me touchez pas, connard!

C'en était trop.

— Oh, bordel de cul de pompe à merde! C'est bien vous! Merde! il faut que je foute le camp d'ici, putain de bordel, il faut que je trouve un moyen de…

— De quoi? me demanda le Vieux.

Comment lui expliquer qu'il n'était qu'un personnage parmi d'autres, qu'il n'était qu'une idée dans l'esprit d'un comateux? Comment lui dire que j'étais Dieu, son créateur?

— Vous, la ferme! Vous ne pouvez pas commencer à comprendre ce dont... et puis merde!

Je quittai cet endroit maudit au pas de course, en sortant par la porte d'entrée.

Les choses allaient déjà assez mal avant que je me fasse renverser par une voiture, voilà que ma situation semblait encore plus désespérée!

Je m'étais réincarné dans mon second roman.

41

Je m'assis sur un banc, dans le parc d'en face, au milieu des pseudo-enfants. Des oiseaux invisibles chantaient tout le temps la même rengaine au-dessus de ma tête. Et j'étais le seul responsable de tout ça.

Que faire, maintenant? J'avais quitté un monde illusoire pour tomber dans un autre. Comment? Étais-je mort et réincarné?

Peut-être étais-je tombé dans un coma après avoir été renversé par une voiture. Ce qui signifiait que j'étais réincarné dans un monde illusoire situé dans la tête d'un comateux, lui-même issu de l'imagination d'un autre comateux. Cette idée de poupées russes ne m'emballait pas.

Mais qu'est-ce que je foutais dans ce deuxième roman?

Une chose était certaine: j'en étais le personnage central. Le héros, si je puis me permettre. Et puisque j'étais celui de qui était issu cet univers, je pouvais également m'en considérer comme le Dieu-Créateur.

Donc, en tant que Tout-Puissant, je pouvais en théorie agir sur mon environnement. Et par le fait même me sortir de ce merdier. Il me fallait mesurer l'étendue de mes pouvoirs, dans ce monde. Dans l'autre, j'avais créé un être humain. Enfin, un ersatz d'être humain. C'était un début.

Je me levai de mon banc et accostai le premier individu que je croisai. Il s'agissait d'une femme, selon moi. Ses traits étaient des plus vagues. Sans bouche, elle ne put crier et, de toutes façons, elle n'était pas munie d'un cerveau assez développé pour offrir une quelconque résistance. Je la pris par les épaules, la regardant droit dans les yeux, ou plutôt là où ses yeux auraient dû être. On aurait dit un mannequin de cire qui avait fondu au soleil. Une argile parfaite pour le Créateur que j'étais.

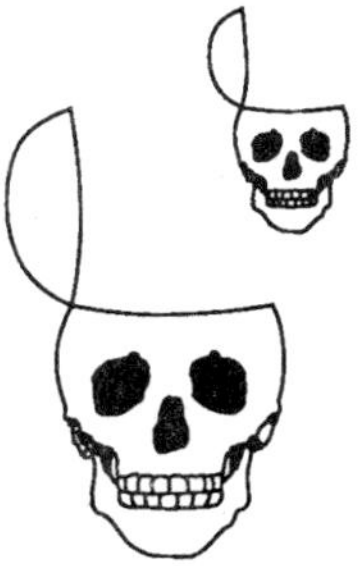

Tenant l'automate bien serré dans mes mains, je fermai les yeux. Je me concentrai sur l'image de ma réussite, sur la visualisation de mon œuvre achevée. Je laissai l'énergie circuler en moi, s'accumuler dans mon sein jusqu'à ce qu'il soit temps d'agir.

Puis ce moment arriva; comme une pile électrique, j'étais chargé à bloc. Le flot énergétique se canalisa dans le bout de mes doigts et se propagea dans mon sujet comme un virus. Je pus ainsi commencer à métamorphoser son visage inachevé: là, des arcades sourcilières, fines, aux courbes délicates; juste en dessous, déposés là comme des fleurs, les yeux de lapis-lazuli, aux reflets de ciel et d'abîmes sous-marins; trônant au centre de ce pays fabuleux, le nez, sensuel dans ses courbes et modeste dans ses proportions, telle une nymphe miniature recroquevillée sur elle-même; et, finalement, la signature de l'artiste: le sexe buccal, aux lèvres charnues, écarlates comme l'Enfer, vermeilles comme le sang de la vierge, rouges comme le fruit défendu. Les dents d'ivoire qu'elles dissimulaient étaient comme un vol de colombes dans un champ de bataille. Oui, cette face informe était devenue la perfection faite femme. Je la sentais. J'avais créé, je n'avais pas perdu la main. Ève, te revoilà...

J'ouvris les yeux pour contempler ma gloire: l'humanoïde n'avait pas changé. Rien. La même tête imprécise. La même page blanche. L'échec.

Je ne lâchai pas pour autant la silhouette. Pourquoi? Qu'y avait-il de changé dans ce monde pour que mes élans créateurs ne puissent se concrétiser? Était-ce un roman si hermétique? Était-il si mal écrit? Devais-je blâmer mon impuissance, ou le manque de talent du jeune écrivain que j'avais été?

Et si je blâmais tous ces visages inconnus, toutes ces personnes inutiles qui prenaient tant de place autour de moi? Avaient-ils une âme? Probablement pas. À moins qu'ils n'aient été la représentation de vraies personnes, la transposition romanesque de gens qui existaient vraiment, dans le «vrai monde». Le peuple. Les idiots qui ré-élisaient les mêmes incompétents, qui jetaient ce qui était encore utilisable, qui détruisaient sans raison, qui survivaient alors que les gens bien mouraient. La plèbe. La société.

Paf! J'envoyai toute la gomme au milieu du visage informe qui me regardait sans me voir. Le zombi tomba à la renverse. Il ne se releva pas. De parfaites victimes. J'en saisis un autre par le collet et lui donnai un coup de pied dans le ventre. Il se plia en deux et ramassa mon genou sur le nez. Je ne pouvais peut-être pas les embellir, mais je pouvais certainement leur faire mal.

Et ce n'était qu'un début.

42

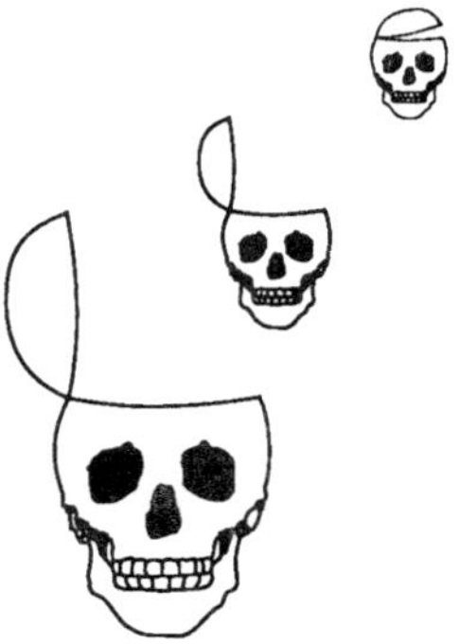

Emporté par une rage inusitée, je courus sur le trottoir, frappant à gauche et à droite, semant des estropiés sur mon passage. Puis, allez savoir comment, j'aboutis près d'un commerce à la devanture assez détaillée, dont l'enseigne indiquait «Armurerie». J'y pénétrai en coup de vent.

À l'intérieur, des centaines d'armes étaient étalées en vrac, sans protection aucune. Le commerçant, une ombre indéfinie, n'était là que pour les apparences. Ou pour le réalisme. Je m'emparai d'une mitraillette et de quelques chargeurs. Il y avait un solde sur les grenades, j'en profitai pour en prendre quelques-unes au passage. Pas besoin de payer, je fis exploser la tête du vendeur. Des débris de son crâne tapissèrent le mur derrière lui. Ils n'étaient peut-être pas vivants, mais ils mouraient bien. Je sortis essayer mes nouveaux jouets. Le ventre me démangeait, mais je savais que mes ongles n'y pouvaient rien.

Mon arme était des plus simples: une gâchette et

une fente pour le chargeur. Aucun détail inutile. Et elle fonctionnait à merveille. Tac-a-tac-a-tac-a-tac, les corps désarticulés dansaient comme des marionnettes. Mourez! Mourez tous!

Je me sentais possédé par l'esprit du Voisin. J'étais frustré, trahi, le sang devait pisser. Pas de questions. Pas de remords. Soulager la douleur. Les membres étaient sectionnés, les poitrines transpercées, les enfants sciés en deux. Un mot, deux syllabes.

Le tremblement de mon arme devint contagieux, et bientôt mon corps vibra à l'unisson des balles qui giclaient de mon pylône. Ma semence pénétrait les corps, les violait mortellement au rythme des va-et-vient de la mitraillette. Mes coups de butoir butaient les cons, mon âme en demandait plus, ma soif était sans fin. Tac-a-tac-a-tac, mon cœur était comme un métronome emballé, mes hanches étaient secouées de spasmes, mon sexe jouissait des caresses de l'arme excitée. J'étais comme la Branleuse, je la comprenais totalement. Ne jamais s'arrêter, de peur de ne plus repartir. Ne pas aller à l'encontre des mouvements naturels.

Combien de temps dura ma branlette sublime? Je ne saurais dire. Les chargeurs de cet univers étaient pleins à craquer. Et les passants étaient légion. Ce monde romanesque encourageait la violence, ça c'est certain. Mais toutes bonnes choses ont une fin, et la mienne vint trop tôt à mon goût. La dernière balle quitta mon arme au moment où mon pantalon se mouillait. Ma semence se mêla au sang de mes victimes, comme si je venais de pénétrer une vierge. Voilà, c'était fini. La sensation de bien-être disparut sans laisser de trace. Plus rien, sinon un écœurement. Et un sentiment de culpabilité.

Rarement je m'étais senti aussi seul, au milieu de mon carnage. Je n'avais plus de but dans la vie, mon désir le plus ardent venait d'être soulagé. Une fois de plus je n'étais qu'une carcasse vide. Qui avait dit que l'amour physique est sans issue? Las, je laissai tomber mon arme. De nouveaux passants firent leur apparition autour de moi, et la vie reprit son cours. Rien n'avait changé. J'avais donné un coup d'épée dans l'eau. Les vaguelettes s'étaient dissipées, la surface était redevenue lisse. Et j'étais épuisé. Tristesse post-coïtale.

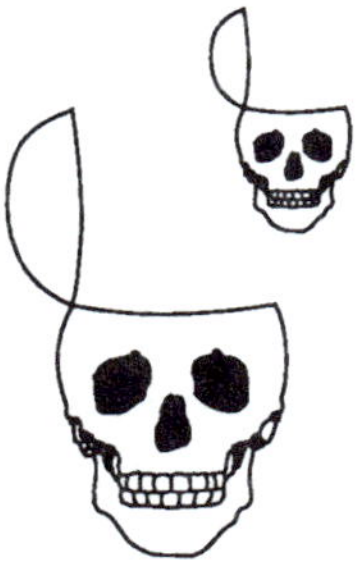

On peut dire que j'avais pourtant bien essayé de me soulager, bordel. À quoi bon continuer, quand un massacre ne suffit plus? Des tas de personnes auraient tout donné pour avoir le droit de se défouler comme je venais de le faire. Et moi, je trouvais le moyen de me sentir incomplet, insatisfait par tout ça. Oui, vraiment, j'étais bien peu de chose.

Déçu, un peu honteux, je décidai d'en finir avec tout ça, d'abandonner la lutte. Sur le trottoir d'en face, il y avait une bouche de métro qui crachait son invitante haleine de mort. J'y pénétrai solennellement, il n'y avait pas de contrôleur.

Sur les quais, en attendant le point final, je me mis à divaguer sur l'utilité d'écrire, surtout en ces temps difficiles. Si je n'avais pas été écrivain, je ne serais pas devenu critique, et je n'aurais pas succombé à un infarctus. Et je ne me serais pas trouvé dans cet univers fictif, à attendre la fin du monde.

Dans mon premier bouquin, le protagoniste choisissait de terminer ses jours ainsi, broyé par un train souterrain, chaudement enlacé par la terre maternelle. N'était-ce pas naturel que son créateur disparaisse de la même manière?

Bip. Bip. Le klaxon de la locomotive qui approchait tentait de m'hypnotiser. Bip. Bip. Bip. Le son n'arrêtait pas. Boum. Boum. Mon cœur accéléra à la vue du train qui arrivait à pleine vitesse. Tic-tac. Ma montre indiquait l'heure de ma mort. Bip. Bip. Mes oreilles entendaient l'écho électronique de mon cœur branché dans un hôpital.

Je m'envolai.

Tandis que je tombais inexorablement vers les rails, très lentement, je remarquai que la carrosserie de la locomotive était rouge. Et derrière le pare-brise de l'engin, dans la gueule de l'avalanche de métal qui me fonçait dessus, je pus distinguer le Chauffeur, écrasant du pied la pédale d'accélération.

Le phare de la locomotive était un œil qui me fixait. Juste en dessous de lui, aplati comme un insecte, un cadavre. Le type de mon roman?

Tout devint noir.

43

Une vive douleur dans le poignet me ramena à mes sens. J'ouvris les yeux directement sur le soleil ardent et ils se refermèrent d'eux-mêmes, blessés. L'air chaud et sec me brûlait les poumons.

Une autre décharge foudroyante me fit hurler. Comme si on me plantait un clou dans le bras. Toc. Toc. Toc. Je pouvais clairement entendre le maillet et sentir le rivet s'enfoncer dans ma chair; mes lamentations les plus déchirantes n'étaient pas à la hauteur de cette souffrance. Mes nerfs dansaient au rythme des coups. On me mangeait tout cru.

Mon martyre ne s'arrêta que pour reprendre quelques secondes après avec l'autre bras. La douleur ne s'apaisait pas avec le temps, elle s'amplifiait plutôt, prenant du momentum et entraînant mes terminaisons nerveuses dans un carrousel infernal. Chaque coup me tuait, mais je ressuscitais toujours à temps pour le suivant. Toc. Toc. Toc. Mon sang répandu bouillait dans la fournaise du désert.

Puis, plus tard, je ne sais pas quand, on cessa de me torturer. Mais j'avais accumulé assez de souffrance pour continuer tout seul. Des voix, quelque part, beuglèrent en latin et je me sentis m'envoler. On me hissait comme un drapeau. Après un effort surhumain, j'ouvris mes paupières à nouveau, afin de voir le visage de mes assaillants. Pas de traits. Juste des bouches qui aboyaient.

Je m'aperçus qu'on venait de me crucifier. Ni plus, ni moins. Partout autour, à mes pieds, des silhouettes mal ébauchées, aux visages anonymes. Seuls leurs costumes étaient assez détaillés. Des uniformes romains. On se serait cru dans un film biblique.

Du haut de ma croix, à ma droite, je vis mes voisins, deux autres crucifiés. Le plus éloigné, un pauvre type, priait à voix haute, en proie à un délire religieux. Il ressemblait étonnamment au Prêtre. Il invoquait le Seigneur à bout de voix. J'étais là, mais je ne pouvais pas répondre; je n'avais plus de souffle. L'autre type, situé entre le Prêtre et moi, avait une barbe sale et des blessures partout. Son regard était entièrement vide, effacé, comme s'il était drogué. Ses traits étaient bien dessinés, comme ceux du Vieux et du Jeune du café. Je ne réussissais pas à déterminer leur couleur. Il avait une couronne d'épines sur la tête.

Cette fois, j'étais réincarné dans mon premier roman.

Où allais-je me retrouver, après avoir crevé sur cette croix? Dans une composition écrite quand j'avais neuf ans? Dans un dessin de maternelle? Allais-je aboutir dans le ventre de ma mère avant de mourir pour de bon?

Peut-être que j'aurais dû écrire une centaine de romans, afin d'étirer ainsi mes derniers moments. Et des romans pornographiques, pour les rendre plus agréables. Une chance que je ne m'étais pas réincarné dans une de mes critiques littéraires.

Le vent sifflait dans mes oreilles, me renvoyant l'écho de ma voix. J'avais pensé à voix haute, sans m'en rendre compte. Bah, j'étais l'auteur, après tout.

Je pesais une tonne, mes bras étaient écartelés. Un peu abruti par la douleur, j'imaginais le Patron assis sur mes épaules, grignotant une pomme. Ou était-ce la tête d'un fœtus? «C'est bon pour la santé, disait-il. C'est plein de vitamines!» Jésus, à ma droite, s'était évadé dans un univers psychotrope, le chanceux. Moi, l'écrivain, je souffrais plus que mes personnages. J'étais si haut perché que le soleil faisait roussir mes cheveux.

Même les yeux fermés, je voyais rouge, mes paupières étaient trop minces pour arrêter la lumière sanglante. Et ces gens qui se pressaient à mes pieds. Tous des chiens d'infidèles! Le Motard me fixait, de ses multiples yeux, m'accusant d'être un faux dieu. Ce n'était pas ma faute! Le Chauffeur riait, lui, il n'avait que ça à faire. Ma croix se moquait de moi, elle aussi. Jésus se faisait faire une pipe par un ange. Moi, c'était la Branleuse qui s'occupait de moi. Et ses dents me lacéraient le sexe! Oh, le paysage valsait, j'avais le mal de mer. Je chavirais. Mon ventre me démangeait horriblement. Ève le chatouillait avec ses mamelons. Mes idées devenaient confuses. Écrire ne sert à rien. Ou presque. Des ovnis passaient dans le ciel. Tout est sous contrôle. Le Président venait de gagner une course dans un labyrinthe. On lui donnait un morceau de fromage empoisonné. Un mot. Combien de syllabes, déjà? Ma tête allait exploser. L'univers s'emballait. Il ne fallait pas manquer le train.

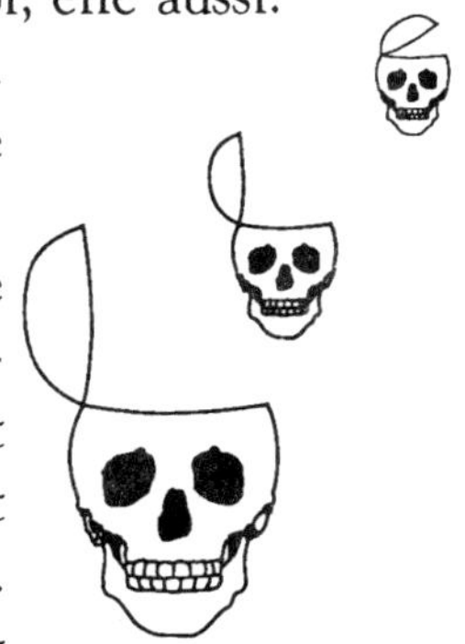

Dans un dernier moment de lucidité, une fenêtre dans mon délire, je vis le soleil qui se couchait, Jésus qui venait de se réveiller, et le Prêtre qui avait trépassé. Trois croix. Toujours trois, ou un multiple de trois. Le Motard avait trois yeux. Lequel était faux? Le Patron sautait sur mes épaules, mes bras allaient se disloquer. Un ovni tourna dans le ciel. Il s'approcha.

Le vaisseau spatial avait une forme qui m'était familière. Dans un hublot, monsieur Spock, avec ses oreilles pointues, me faisait le salut vulcain.

Tout.

Devint.

Noir.

44

La température ambiante était confortable. Mon corps ne ressentait plus rien. Étais-je dans le sein maternel? Il faisait noir, en tout cas.

Un grondement sourd parvint à mes oreilles. Le bruit n'était pas inquiétant, bien au contraire. On aurait dit le ressac de l'océan contre une falaise. Je me laissai bercer par ce bourdonnement pendant de longues minutes sans bouger, goûtant simplement le fait de ne plus souffrir. J'étais comme une âme désincarnée.

Un petit chatouillement au ventre me rappela l'existence d'une enveloppe charnelle. J'activai alors ma main et je sondai mon abdomen. Pas de cordon ombilical. Ni de nombril. Une bonne inspiration me rassura quant à la bonne santé de mon réceptacle. Dans le noir, je n'avais aucun idée de mon apparence. Mais j'avais la nette impression de me trouver dans un avion. Je tâtai autour de moi: j'étais étendu sur un matelas. Il n'y avait personne d'autre dans ma cabine. Peut-être étais-je à bord d'un paquebot? Le véhicule était parfaitement stable. Je me levai.

Ignorant totalement les dimensions de la pièce dans laquelle je me trouvais, je dus m'y prendre à tâtons. Après avoir buté contre une cloison, je la longeai, à la recherche d'un accès ou d'une écoutille. Mes doigts rencontrèrent une porte et celle-ci glissa avant que j'aie le temps de l'ouvrir. Une lumière aveuglante envahit mon cagibi.

La main devant mes yeux, qui s'habituaient peu à peu à la luminosité, je m'aventurai dans un corridor recouvert d'une moquette douce à mes pieds nus. L'endroit semblait luxueux tout en étant fonctionnel. Les parois étaient de métal peint. Une silhouette s'avança vers moi.

— Puis-je vous aider, amiral?

L'homme était grand et élégant dans son uniforme noir et bourgogne. Ses cheveux noirs impeccablement coupés étaient lissés vers l'avant, rejoignant ses sourcils froncés qui s'arquaient vers les tempes. Il avait les oreilles pointues.

— Quelque chose ne va pas, monsieur?

— Spock! Oh mon Dieu! Vous êtes monsieur Spock! Bordel de merde, ce que je suis content de vous voir!

Il haussa le sourcil droit. Stoïque, en bon Vulcain, il ne laissait paraître aucune émotion.

— Monsieur Spock, laissez-moi vous serrer la main! Quel honneur, vous ne pouvez pas savoir! Sommes-nous sur l'*USS Enterprise*?

— Affirmatif. Amiral, je crois qu'une visite au docteur McCoy ne vous ferait pas de mal. Si vous voulez bien enfiler une tenue… comment dire? Plus… adéquate?

Je me rendis compte alors que j'étais nu. Nu comme un ver. Spock se sentait légèrement mal à l'aise. Ma bite était énorme! J'éclatai de rire.

— Peut-être avez-vous fait un mauvais rêve, amiral?

— Oui, tout à fait, Spock, un mauvais rêve! Ha ha ha! Désolé de vous avoir dérangé, je vais retourner à ma cabine, maintenant. Je vais me rendormir. Ne vous en faites pas.

— Comme vous voulez, amiral. Je vous souhaite bon repos.

Je le suivis des yeux tandis qu'il s'éloignait. Quel personnage! Et quel endroit agréable. Oui, le XXIIIe siècle me plaisait.

45

— Lumières! dis-je en revenant dans ma cabine.

Le plafond s'illumina. J'étais installé dans les quartiers pour invités spéciaux. Un amiral! C'était mieux qu'être crucifié! Dans ma garde-robe, je pris mon plus bel uniforme et je l'enfilai devant un miroir. L'amirauté me seyait à merveille.

Bon, j'étais au XXIIIe siècle, à bord de l'*USS Enterprise, NCC-1701-A*, commandé par le capitaine James T. Kirk, héros d'une série télévisée qui avait marqué ma jeunesse.

Je m'assis confortablement dans un fauteuil. Ma troisième réincarnation en peu de temps. Il y avait une logique à tout ça.

C'est en passant en revue mes dernières pensées de crucifié que je trouvai la clé du mystère. Oui, c'était à ce moment précis que tout se jouait: au moment même de la mort. Les choses qui me passaient par la tête pendant que je décédais.

La solution était si simple! Il me suffisait de penser à un univers avant de mourir pour m'y réincarner. Quelle farce! Je pouvais naviguer à mon gré entre les mondes, mais pour ce faire je devais mourir à chaque fois.

Oui, il y avait une forte pulsion destructrice et même autodestructrice en moi. Le Chauffeur savait-il tout ça? Probablement.

Et maintenant, qu'est-ce que je faisais? Je ne connaissais pas mon nom, je n'avais qu'un grade. Quel était le passé de cet officier? Je m'installai devant la console de l'ordinateur de ma cabine. Vive la technologie.

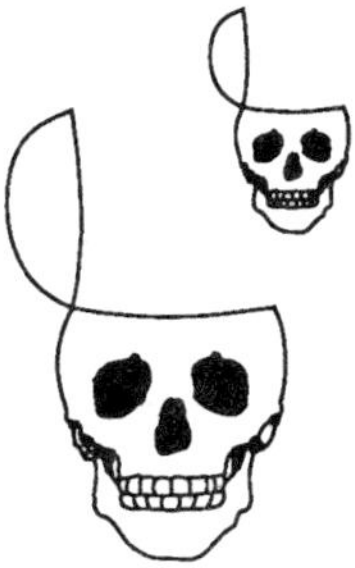

— Ordinateur! Je veux...

Il me vint une idée. Simple curiosité.

— Veuillez réitérer votre demande, s'il vous plaît.

La voix féminine de l'ordinateur central du vaisseau ne manquait pas de charme, malgré sa froideur.

— Ordinateur! Je veux lire un livre!

— Notre banque de littérature contient plus de trois millions de titres. Veuillez préciser le titre du livre, son auteur et la planète où le livre fut publié pour la première fois.

— Aquin, Emmanuel. *Désincarnations*. Publié sur Terre, au vingtième siècle.

— Ce livre ne fait pas partie du catalogue standard.

— Cherche dans les archives terriennes!

— Recherches terminées. *Désincarnations*. Œuvre publiée originellement en 1991, selon le calendrier terrien. Désirez-vous une lecture à l'écran ou une copie imprimée?

— À l'écran me suffit!

— Chargement en cours.

L'écran s'illumina et je vis apparaître la couverture de mon second roman. Que de souvenirs. Ma dernière création avant de ...

J'avais du temps à rattraper.

— Page!

L'écran me présenta la page suivante. Et je pus lire ainsi mes propres écrits, oubliés depuis une éternité, confortablement installé dans un monde imaginaire peuplé de nouvelles vies, d'autres civilisations, et de Vulcains.

46

Ma lecture terminée, je restai confondu. Certes, je comprenais mieux qui j'avais pu être quand j'étais jeune, mais je ne me trouvais pas tellement plus avancé sur ma situation actuelle. Quelles étaient mes possibilités, à bord de ce vaisseau spatial? Me refaire une vie dans la Flotte stellaire avec le titre d'amiral? Quelques années plus tôt, cela m'aurait charmé. Mais l'exploration de l'inconnu n'était plus mon domaine.

Je devais sonder mon passé, pas le futur. Et retourner dans mon véritable corps, afin de racheter mon existence ratée. *Star Trek* avait ses attraits, certes, mais peut-être aurais-je l'occasion d'y retourner, un jour.

Je me levai, fier dans mon uniforme. Le capitaine Kirk était mon subordonné. Quelle pensée amusante! Dans mes effets personnels, il y avait un phaser, terrifiante arme du XXIIIe siècle. Avec ça, je pouvais désintégrer n'importe qui. Y compris Kirk, si cela me chantait. J'aimais bien le sentiment de savoir que sa vie dépendait de moi. Ça me rappelait ma carrière de critique. Si j'avais eu un phaser, à l'époque, combien d'écrivains auraient été atomisés? Probablement autant que de critiques si j'avais eu l'arme en main quand j'écrivais.

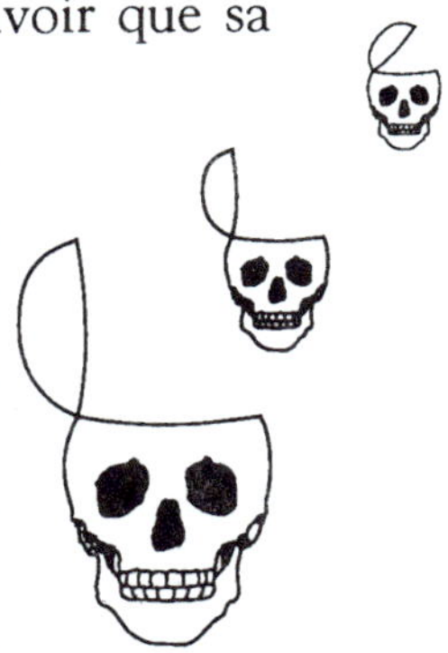

Je sortis de ma cabine et enfilai le corridor, le phaser caché dans ma poche. Les officiers me saluaient sur mon passage comme si j'avais été le Président. Je pris le turbolift, l'ascenseur multidirectionnel du vaisseau, en direction de la passerelle. Le Président. Oui. Lui aussi avait aimé le pouvoir.

Les portes du turbolift s'ouvrirent sur la passerelle, le centre de commande de l'*Enterprise*. Cette salle circulaire était tapissée de consoles et d'écrans, où vaquaient plusieurs officiers spécialisés. Au centre, surélevée, la chaise du capitaine, trône sur lequel siégeait James Tiberius Kirk, le commandant du vaisseau. Devant lui, sur la paroi du fond, un écran montrait les étoiles qui défilaient. Le capitaine me tournait le dos. Un coup de phaser et il cesserait d'exister. Je serrai le petit objet métallique dans ma main.

Spock me salua poliment et annonça ma présence à son capitaine, qui fit pivoter son fauteuil pour me saluer en face. Kirk. Le vrai, pas l'acteur. J'étais impressionné.

— Ah, amiral! Avez-vous bien dormi? J'ai eu vent de vos... cauchemars. J'espère que tout va bien, maintenant?

— À merveille, capitaine. Merci. Merci d'exister. Ça fait du bien de savoir qu'un jour l'humanité voyagera dans les étoiles et rencontrera des tas de nouvelles formes de vie. Une humanité unie, pacifique, respectable. Oui, ça fait chaud au cœur.

Spock intervint, en s'adressant à Kirk.

— L'amiral paraît très... satisfait de sa situation, aujourd'hui, capitaine. Peut-être que le docteur McCoy pourrait lui... faire faire une visite guidée du vaisseau?

— Bonne idée, Spock. Passerelle à l'infirmerie! Docteur McCoy, veuillez...

Je dégainai mon phaser. Tout le monde s'immobilisa. Kirk ne me quittait pas des yeux.

— Capitaine, si je le voulais, je pourrais vous désintégrer.

Spock resta de marbre, mais je devinais que son cerveau calculait les possibilités. Le capitaine avait ce regard, cette expression familière qu'il prenait lorsqu'il allait tenter quelque chose. Je le connaissais bien, ce type. J'avais vu tous les épisodes plusieurs fois, et les films aussi.

— Mais n'ayez crainte, Kirk. Je ne tue que les Présidents. Et cette fois, comme l'indiquent nos galons, il semble que je sois l'heureux élu.

D'un geste vif, je pointai l'arme sur ma tempe. Je ne tuerais plus d'innocents.

— Au revoir, vaillant équipage de l'*Enterprise*. Je vous souhaite une vie longue et prospère!

Au moment où mes atomes se séparaient, je me concentrai sur une femme. Une belle femme. Il fallait que je teste ma théorie.

47

Une odeur fauve envahit mes narines. Han! Mon sexe gonflé à bloc venait d'être avalé. J'ouvris les yeux sur les cuisses de ma partenaire, assise sur moi. Je vis sa toison monter et recracher ma verge, puis la bouche affamée m'engouffra à nouveau. Ses seins étaient malmenés par l'exercice. J'étais trempé de sueur, tout comme elle. Dotée d'un nombril, la chanceuse, elle le faisait danser au rythme de ses va-et-vient, tortillant son abdomen, serrant et desserrant les cuisses.

Ma théorie fonctionnait, eus-je le temps de penser avant de replonger en elle.

— Mon Dieu que c'est bon! hurla ma maîtresse.

J'étais muet, dépassé par la fougue de ce succube. Des gouttes perlaient sur son front où se collaient ses cheveux. Elle avait le visage crispé de la lionne à la chasse. Elle accéléra le rythme. Je voyais des ovnis danser partout.

Mes extrémités étaient secouées de décharges électriques. Oui, ça venait. J'avais l'impression de coucher avec une locomotive qui se serait emballée, je n'avais rien d'autre à faire que de rester étendu et de goûter le moment. Mon piston était au paradis.

La porte vola en éclats. Que se passait-il? Une force diabolique renversa la locomotive, qui s'affaissa en bas du lit. Un monstre me saisit alors et me propulsa contre le mur, que j'embrassai violemment. J'éjaculai sous le choc tandis qu'une myriade de constellations s'imprégnaient sur ma rétine. La terre tremblait, une tornade était entrée dans la chambre.

Aphrodite se releva et expliqua au cyclone que tout était explicable, mais celui-ci gueulait comme un putois. Il parlait de mémoire, de dommages irréparables. Elle pleurait mais il continua. Sa grosse main me saisit par les cheveux et mes dents s'imprimèrent dans le plancher.

N'étant plus très sûr de comprendre ce qui se passait, je fixai bêtement le sol et les débris de ma denture, pendant que le Yéti me débitait un court discours sur les souvenirs et la neurochirurgie. Il parlait d'une simple intervention, comme un dentiste qui tente de rassurer son patient. Tout nu sur le parquet, je poussai un râle pour signifier à quel point j'étais désolé de tout ça.

D'un œil abruti, je vis Billy-la-Hache s'approcher de moi, outil en main. J'étais maintenant sur le dos, comme le fils d'Abraham sur l'autel. L'arme sacrificielle se hissa vers les cieux et me foudroya.

La paix! souhaitai-je alors que j'explosais comme un fruit trop mûr.

48

J'étais sur une montagne. Seul au milieu du vent. Devant moi s'étendait une chaîne de monts rocheux aux têtes enneigées. Mon crâne résonnait encore.

Où étais-je? Peu m'importait. J'étais en paix, pour la première fois depuis une éternité. Le vide. Enfin.

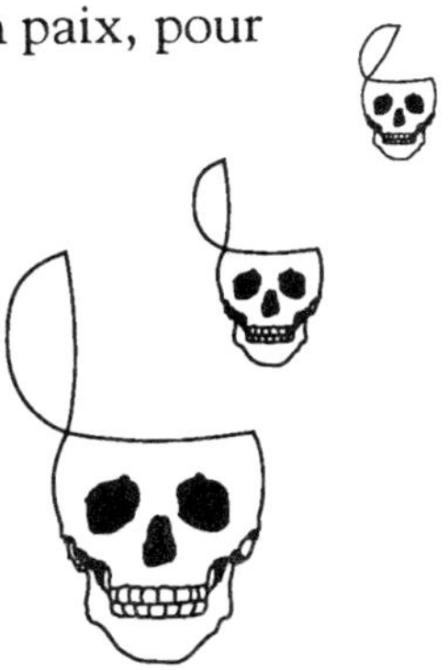

Longtemps je restai ainsi, à contempler l'infini, nu au sommet de la plus haute montagne du monde. L'air frais purgeait mon corps de décennies de violence, de siècles d'angoisse. Seuls mes poumons et mon cœur remuaient. Je n'étais plus qu'une protubérance dans le paysage. Un rocher parmi tant d'autres.

Cette fois, j'étais un moine taoïste. La montagne était mon lit, ma maison, ma salle de bains. Pas de montre, de boulot, d'autobus. Juste la nature.

Un contexte tout à fait propice à la réflexion.

Heureux d'oublier mes tracas, je me plongeai dans une routine composées d'ablutions matinales interminables, suivies de longues heures de méditation et de promenades pieds nus. Il n'y avait pas grand-chose à se mettre sous la dent, ici, mais avec certaines racines et quelques baies, je réussis à survivre. La nuit, je comptais les étoiles.

Plusieurs mois passèrent sans que je m'en rende compte. Mes rêves ne me hantaient plus, comme si le temps s'était arrêté pour me permettre de souffler. Plus de tic-tac, de bip-bip, plus de pression. Les journées devinrent des heures, les mois des journées, les années des semaines.

La réalité de cette existence en vint à supplanter les autres: j'avais l'impression de ne jamais avoir vécu avant ma «naissance», ici. L'écriture, la critique, les femmes, la jalousie, tout s'estompa peu à peu. Mon système immunitaire avait triomphé de toute pollution sentimentale, je vivais au jour le jour, étranger aux souffrances de l'humanité. La nature était ma seule maîtresse, désormais.

Ma mission, je le compris alors, ne s'accomplirait pas en peu de temps. L'impatience avait été mon plus grand défaut. J'avais beau pouvoir me réincarner où bon me semblait, il me fallait pouvoir agir sur cet univers. J'aurais pu me suicider en pensant à mon corps branché dans un hôpital, et je me serais ainsi retrouvé dans mon véritable corps comateux. Mais je n'aurais certainement pas eu la force de me sortir de ce coma. Pour ce faire, je devais apprendre à mieux maîtriser ma chair et mon âme, à faire la paix avec moi-même. Telle était ma véritable mission.

Au fil des ans, à force de vivre dans ces conditions plutôt difficiles, j'en vins à réaliser peu à peu les objectifs que je m'étais fixés. Marcher sur des cailloux acérés ou des braises ardentes n'avait plus de secret pour moi. Je pouvais passer une semaine à fixer un point sans bouger, sans manger ni dormir, insensible aux intempéries. C'était parfois pénible, certes, mais la souffrance et moi, nous étions de vieux copains. Cette cure satisfaisait mon subconscient, qui avait soif de douleur, et mon conscient, qui avait besoin de sentir que je maîtrisais jusqu'à un certain point mon environnement.

Rapidement, je me mis à acquérir des facultés psychiques qui ne demandaient qu'à être exploitées. Je pus ainsi commencer à déplacer des branches et des pierres à distance. Puis, j'en vins à maîtriser l'art difficile de la lévitation.

Vingt-sept ans s'étaient écoulés lorsque je métamorphosai pour la première fois une baie sauvage en pomme. Vingt-sept années à oublier mon humanité, à devenir une partie active de l'univers. Les forces de la nature se laissaient lentement dompter, mais j'avais le temps. Tout le temps du monde. J'étais le Maître du Temps.

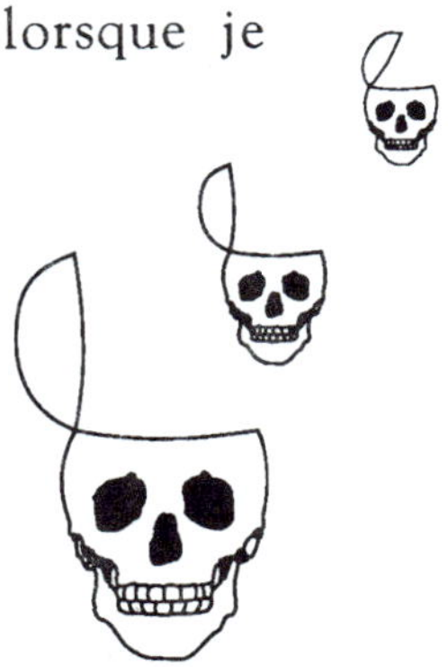

Jamais je n'avais été aussi vivant. Cette réalité illusoire valait tous les univers réels. J'y étais le seul habitant, le maître incontesté, un vrai Dieu, pas un simple critique avec des idées de grandeur. Au bout de mes doigts grésillaient les foudres de la nature. Et rien ne pouvait battre ça.

Le temps passa et, finalement, trente-trois années après ma venue sur cette montagne, un tiers de siècle après ma dernière mort, je décidai que le temps était venu de retourner dans le monde des vivants. Ma sagesse était complète, il me faudrait la propager dorénavant.

Attention les gars, j'arrive!

49

Toujours exigeant avec moi-même, je décidai de m'imposer une épreuve, avant de me répandre chez les humains. Une épreuve d'endurance, de pureté. Comme Jésus. Quarante jours et quarante nuits sans manger. Rien n'était trop beau pour moi.

Je descendis donc de ma montagne pieds nus sur le roc glissant. C'était l'hiver, mais mon corps était endurci. Puis je me creusai une petite niche dans la neige, où je pris place dans la position du lotus. Là, tout reposé, je fixai l'horizon, et mon âme se désincarna pour se mêler aux vents et voguer entre le Paradis et les Enfers. Trente-neuf jours durant, mon essence psychique côtoya les esprits de l'air, dansa avec les courants et valsa avec les tourbillons. Tout ce temps, mon corps ridé, usé, dont la peau était devenue un cuir épais, resta pareil à une statue oubliée, bravant sans broncher les éléments.

Puis, brusquement, mon âme réintégra son enveloppe charnelle, qui avait sonné l'alerte. Quelque chose allait se passer.

Le grondement du vent avait un peu diminué. Derrière moi, je pouvais clairement entendre quelqu'un marcher dans la neige. Je me retournai, prêt à affronter tous les démons de l'Enfer.

L'homme était corpulent et mal habillé. Le premier humain que je rencontrais depuis plus d'une génération; les hommes n'avaient pas changé. Lui non plus, d'ailleurs.

— Bonjour, Patron. Que me voulez-vous, cette fois?

Un sourire tenta de se frayer un chemin parmi les bourrelets de son visage. Sans succès.

— J'suis venu te d'mander si ça te dirait de r'venir travailler pour moi?

— Il n'en est pas question.

— J'sais qu'j'ai pas été le meilleur des patrons, mais j'ai changé, t'sais! J'ai r'trouvé ma panse, j'suis moins stressé pis j'te promets de te laisser travailler quand tu veux!

— Allez-vous-en!

— Penses-y, mon gars. Un travail régulier, la vie de bureau, la routine... Un horaire stable. Des employés ponctuels. Des lecteurs assidus.

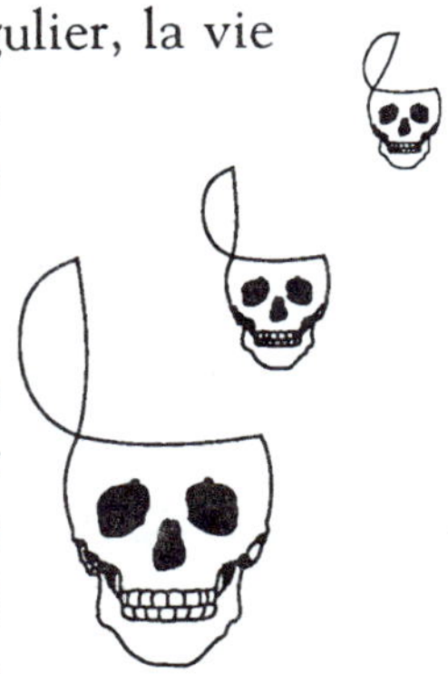

— Hors de ma vue, j'ai dit!

— Tu sais comme c't'important, une vie bien organisée! On va te nommer secrétaire de rédaction, tu pourras prendre des décisions éditoriales, on va t'écouter! J'ai besoin d'toi dans mon équipe, mon gars, et les lecteurs te réclament! Y a plein de nouveaux romans médiocres qui ne demandent qu'à être démolis!

— *Non*!

— Tu l'regretteras pas! J'te l'promets! Tiens, t'as faim? J't'ai apporté une pomme. C'est bourré de vitamines et excellent pour les gencives!

Écœuré, je me levai prestement, un peu ankylosé, et pointai le doigt vers lui.

— Arrière, Démon! Tu n'as pas ta place ici!

De mon index jaillit un éclair qui l'atteignit en pleine poitrine; il se vaporisa en une fine pluie de sang et de pus qui se dispersa aux quatre vents. Paf! Plus de trace de sa présence sur la montagne. On ne pouvait plus douter de ma divinité.

Mon corps se remit en position de méditation, comme si rien ne venait de se passer. J'étais près du but, mon temps approchait. Plus que quelques heures et l'humanité allait entendre parler de moi.

50

Une autre forme apparut, devant moi, cette fois. Son ombre m'engloutit totalement. Je ne voyais qu'elle.

— Salut, mon chou, chuchota-t-elle.

Ses replis de chair nue lui faisaient comme un manteau. Ses seins gigantesques pendaient comme les pans d'une étole. Elle était un univers à elle seule, avec ses lèvres pulpeuses, ses joues dodues et son ventre matelassé. Il y avait une place pour moi, entre ces mamelles. Une place au chaud.

— Tu as assez souffert, petit homme, il est temps de rentrer à la maison. Viens, viens me voir.

Ses gestes langoureux étaient suggestifs. Autour d'elle, la neige fondait. Elle se perdait dans un brouillard de vapeur, tel l'Everest dans une tempête. L'odeur de son sexe vint me caresser les narines. La tête me tournait.

— Tu sens ma chatte, hein? Tu la sens? Elle a soif de toi, mon petit, elle t'attend avec impatience. Remplis-la, bourre-la comme il faut. Mes entrailles ont faim!

— V-va-t'en! Tu n'es qu'un phantasme, tu n'es même pas réelle!

— Toi non plus, mon chéri, toi non plus. Viens te baigner en moi, maintenant.

— Je ne peux pas! Non! Tu n'as jamais existé! Tu n'es qu'une substitution illusoire de la femme que j'ai aimée!

— Cette pute? Allons donc! Elle t'a trahi et s'est barrée avec un asticot, elle ne t'a jamais aimé! Moi je t'aime. Je t'attends. Je suis la mer qui borde ton île. Tu ne peux me contourner...

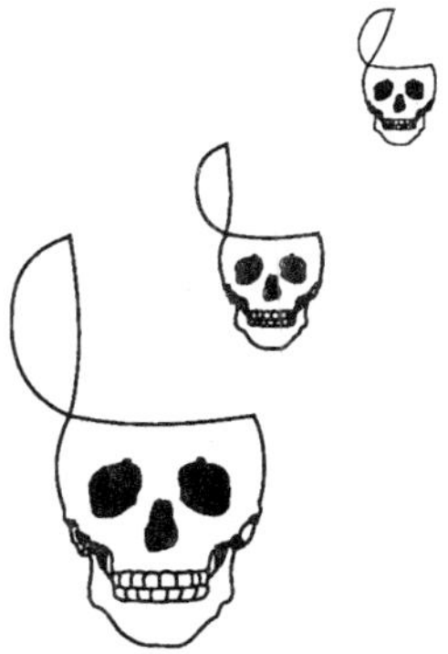

— Tu n'es qu'une tentation! Je n'ai plus besoin de toi! Je vis seul, maintenant. Il n'y a plus de place dans mon monde! Je suis complet!

— C'est ce que tu crois, petit. Mais moi je te connais, je ne me laisse pas berner par tes prétentions. Je sais que ton sexe a besoin de compagnie. Il veut être au chaud, bercé, réconforté, tout comme toi. Regarde ma vulve, chéri. Vois-tu ses lèvres prononcer ton nom? Les sens-tu se mouiller, les entends-tu se frotter l'une contre l'autre? Approche-toi et embrasse ce coquillage, bébé, et presse-y ton oreille, tu pourras entendre la mer qu'il dissimule. Viens plonger dans cette mère de corail. Tu y seras invulnérable.

Le froid ambiant me transperçait jusqu'aux os. Elle avait l'air si chaude, si invitante. Son sexe bavait comme la gueule d'un fauve. Je me sentais rapetisser. J'avais si froid. Et son discours freudien était si convaincant...

La Mère Morte s'approcha et son raz-de-marée

menaçait de m'emporter vers les Enfers. Je me redressai, David contre Goliath. Ma peau frissonnait au contact de la chaleur qui émanait de l'océan.

— Ça suffit! J-j'ai dit non! Non et non!

Sa voix lubrique m'entourait, je ne savais plus exactement d'où elle provenait.

— Si! Je suis ici, et là, aussi, je suis invincible, puissante, insaisissable, tu ne peux te désister! Ensemence-moi, suce-moi, siphonne ta sève dans mon sein...

Elle se refermait sur moi, j'allais mourir noyé.

— Ne résiste pas, fils, je suis ta félicité. Laisse-toi aller, mon placenta sera ton seul salut.

La gueule de son sexe s'approcha comme pour me gober tout rond et j'eus une vision du Serpent qui me sautait dessus. Je mordis à pleines dents dans la chair vermeille qui menaçait de m'engloutir et fus repoussé par un cri strident. Je déchiquetai la viande délicate à grands coups d'incisives et, tel un barrage qui crève, un déluge de sang m'emporta jusqu'au bas de la montagne. Je me retrouvai couvert de contusions, baignant dans une mare écarlate. La plainte du monstre blessé mortellement résonnait dans les montagnes comme un orage.

J'avais mal partout et j'avais froid. Ma confiance était ébranlée.

51

Quelques minutes me furent nécessaires pour retrouver mes sens. J'étais couvert de sang, ma peau en avait pris la couleur. J'étais passé près du gouffre, cette fois. Trop près.

Progressivement, je retrouvais le contrôle de mon corps, et je cessai ainsi de grelotter. Mon érection disparut également. Les choses redevenaient normales.

J'escaladai la pente que j'avais dévalée avec l'avalanche sanguine. Les rochers étaient rouges et poisseux. Trois heures plus tard, j'avais réintégré ma niche de méditation.

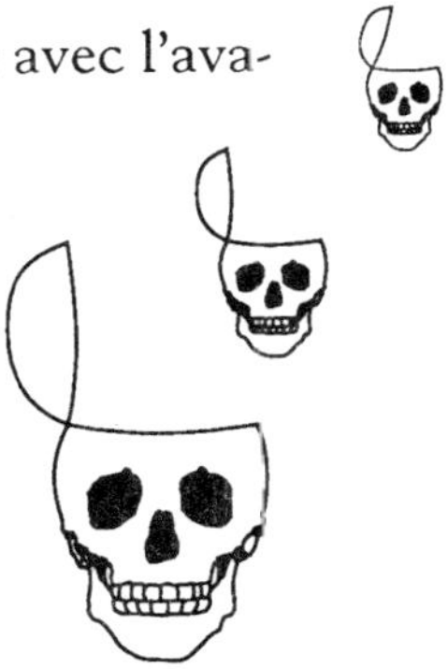

Apaisé, je pus enfin reprendre ma contemplation cosmique, uni à la montagne. Un roi devant son royaume.

— On s'endort?

Je sursautai. Je ne l'avais pas entendu venir, celui-là. Il me souriait, dans son uniforme fraîchement repassé de la Société des transports en commun. Ses cheveux volaient au vent comme des serpents déchaînés.

— Salut, Chauffeur. Ta visite ne me surprend pas.

— En es-tu sûr, monsieur le Moine?

— J'ai déjà vaincu la chair. Il ne me manque que l'esprit.

Il avait l'air un peu décontenancé. Il n'avait plus le gros bout du bâton, cette fois. Ses traits se crispèrent.

— On me fait le gros dos, monsieur le Chauffeur? Allons, je ne suis pas si menaçant que ça!

Il avait un air franchement mauvais. Mais sa tentative d'intimidation ne trouva pas prise sur l'acier lisse de mes yeux. Je restai aussi calme que la montagne.

— Tu n'as pas de revolver, aujourd'hui? Hein?

— Mais je n'ai nul besoin d'une telle arme, cher Chauffeur. Si je voulais te détruire, je n'aurais qu'à le désirer.

— Ah oui?!

— Oui. Et en ce moment, je dois l'avouer, je te désire ardemment.

Je m'approchai à quelques centimètres de son visage. Il ne broncha pas. Dans ses yeux je pouvais lire le goût de tuer. Un mot, se disait-il. Un simple mot.

— Chauffeur, je devine tes pensées. Ha! Moi aussi, j'ai ce mot en tête. Je t'*aime*, vieux. Quatre lettres. Deux syllabes. Pas plus. Laisse-moi te le prouver!

Avant qu'il n'ait le temps de réagir, je m'emparai de sa tête et l'embrassai sur la bouche. Il eut un hoquet de surprise mais ne put se dégager, et je serrai mon étreinte, soudé à lui par les lèvres. J'aspirai de toutes mes forces.

Il se débattait mais je tins bon. J'augmentai la succion. Sa salive vint, puis, quelques secondes plus tard, il vomit son repas dans ma bouche. J'étais sur le bon chemin. Sans le lâcher, j'aspirai le plus fort possible et je goûtai sa bile. Puis, une goutte de sang. Et une autre. L'hémoglobine commença à couler à flots, des litres et des litres de liquide vermeil jaillissaient de son gosier. Mes lèvres ne laissaient rien échapper; j'avais peine à avaler assez vite. Le flot sanguin se calma ensuite pour laisser place à son urine et, finalement, à son sperme. Je restai quelques temps collé à lui, pour bien l'assécher, puis je le laissai tomber comme un sac vide à mes pieds, plus une goutte de liquide en lui. Il s'écrasa pour ne jamais plus se relever.

Je me tâtai le ventre.

— Alors, chien de Chauffeur, tu es en moi, maintenant?

Et il allait y rester. J'étais complet.

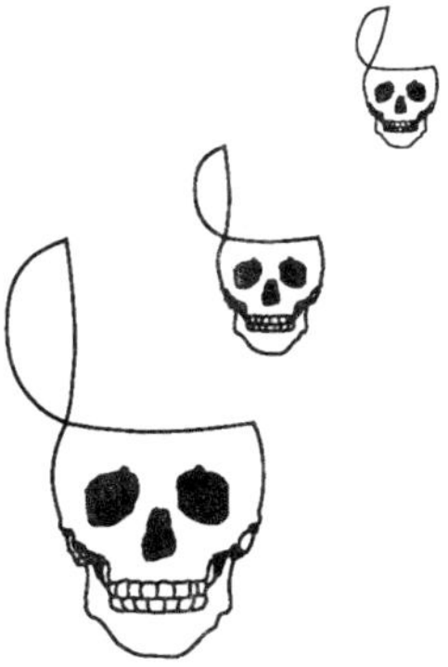

52

Serein, je contemplai les possibilités qui s'offraient à moi. Elles étaient infinies. Mais c'est ma soif de refaire ma vie qui l'emporta.

Je décidai de commencer par le commencement: je me réincarnerais dans mon premier roman. Et pas sur une croix, cette fois.

Je marchai jusqu'au bord d'un ravin. Au fond de celui-ci se trouvait ma rédemption. Je sautai.

Ma chute s'étira sur de longues secondes, durant lesquelles je me concentrai sur mon bouquin, puis ma tête heurta un pic rocheux et tout devint noir. Normalement, je devais me trouver à un lancement, à la page un du livre.

J'ouvris les yeux sur le ciel bleu. J'étais au sommet de la montagne.

Que se passait-il? J'avais pourtant bien pensé à mon roman, il ne pouvait pas y avoir d'erreur! Les lois de la réincarnation avaient-elles changé durant les trente-trois dernières années? Cela me semblait ridicule. Je courus me jeter dans le vide à nouveau. En planant, je me représentai la scène qui ouvrait le bouquin. Une salle bondée de gens, des palmiers en plastique, des fauteuils... Paf! Je me fracassai sur le sol. Les ténèbres revinrent.

J'étais encore sur ma montagne.

Étais-je devenu prisonnier de ce monde solitaire? J'étais abasourdi. Voilà Dieu qui ne pouvait même plus rentrer chez lui. Un pirate abandonné sur une île déserte.

Au bout de quelques heures, je dus me rendre à l'évidence, il n'y avait qu'un seul moyen de quitter ce Paradis-piège: à pied. J'entrepris alors de descendre de mon piédestal hymalayen.

L'escalade vers le bas se fit sans difficulté. Pendant trois jours, je marchai seul dans la nature. L'environnement semblait se dégrader à mesure que je m'éloignais de ma montagne. Un brouillard impénétrable limitait mon champ de vision, et les herbes devinrent uniformes. Je finis par apercevoir un paysan qui remontait sur le sentier.

Je lui fis des signes auxquels il ne répondit pas. Peut-être avait-il peur de ma nudité? Pourtant, bien des moines se baladaient nus, dans ce coin. Je me tins sur mes gardes jusqu'à ce que je l'aie croisé.

Il se trouvait encore à plusieurs mètres de moi lorsque je compris. Il n'avait pas de visage. Il n'en avait pas besoin, ce n'était qu'un figurant.

J'étais déjà dans mon premier roman. Depuis un tiers de siècle, sans le savoir. J'éclatai de rire.

Je m'emparai de ses vêtements, plus définis que son corps, et continuai jusqu'au village. Là-bas, je me procurai de l'argent et je pris l'avion vers le lancement de la page un. Un coup d'œil dans le miroir m'avait révélé un visage parcheminé, glabre, aux yeux plus froids que la glace. Parfait.

Il y avait foule, dans la salle de réception. Les gens disaient n'importe quoi, ils n'avaient que des bouches. Leurs vêtements se confondaient, on aurait dit un ragoût humain. Je m'écrasai dans un fauteuil en similicuir, à côté d'une plante artificielle, et j'attendis patiemment. Comme prévu, l'Écrivain émergea à côté de moi, cherchant refuge dans un coin. Il tomba dans ma toile d'araignée.

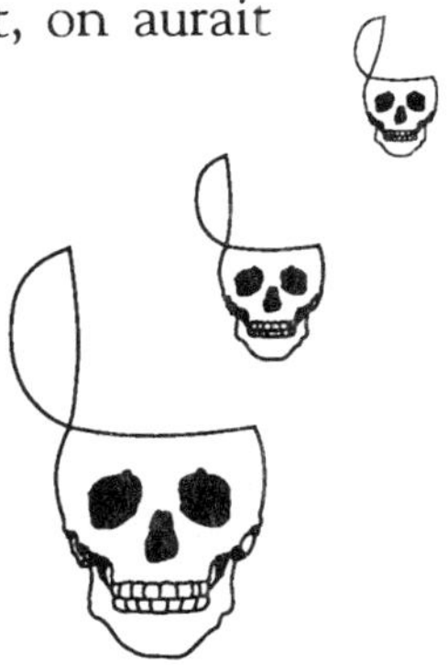

— Ah, mais c'est la vedette de la soirée! L'auteur de *Neige au soleil*...

— Lui-même. Vous voulez une dédicace?

— Non merci, non, pas de dédicace. Je suis plutôt venu vous parler de vous-même, monsieur.

Je prenais un certain plaisir à m'exprimer en énigmes, cela flattait mon sentiment de supériorité. Je comprenais comment le Chauffeur s'était senti alors que je n'étais qu'un critique. Comme un Dieu qui joue avec une marionnette. Et l'Écrivain n'aimait pas ça.

— De moi-même? Mais je ne vous connais même pas! D'ailleurs, je...

— C'est vrai, mais je vous connais, moi. Je connais le contenu de votre livre, je sais à quel point vous êtes obsédé par la mort de votre père. Vous savez, nous avons tous en nous une douleur, un souvenir qui a changé le cours de notre existence à tout jamais...

— Mais enfin, qui êtes-vous pour me parler de...

— Laissez-moi continuer! Comme je vous le disais donc, nous avons tous le désir de voyager dans le temps afin de changer le passé, souvent trop cruel. Qui ne voudrait pas avoir cette seconde chance, retourner en arrière et tout recommencer? N'est-ce pas là le sujet de votre dernier livre? Mais voilà: vous tentez de vous soulager de votre croix en écrivant, ce qui ne fait qu'endormir la douleur. Moi, je vous propose d'en EFFACER TOUTE TRACE, par le moyen le plus simple qui soit: en éliminant le problème à la source. Je peux vous renvoyer là où vous voulez tant aller...

— Où?

— Dans votre passé. En voyageant dans le temps. Bien sûr, il y a un prix à payer.

— Vous n'êtes pas sérieux, allons!

— Je suis tout ce qu'il y a de plus sérieux.

— Quel est votre nom? D'où venez-vous? Qui vous a envoyé une invitation à mon lancement?

— Je suis un moine tibétain. Mon nom n'est pas important, mais vous pouvez m'appeler le Maître du Temps. Et je vais là où on a besoin de moi, invitation ou non.

Bien sûr, il finit par me croire et l'opération réussit à merveille: j'envoyai son âme se réincarner dans son passé, afin qu'il aille empêcher une tragédie de ruiner son avenir. Son bien-être était plus important à ses yeux que le bon déroulement du temps. Foutus écrivains!

L'opération terminée, ma mission accomplie, je me tirai une balle dans la tête, en visant bien mon second livre.

53

J'entrai dans les bureaux d'une maison d'édition de livres pour enfants. Nous étions au neuvième étage d'un édifice moderne. Personne dans les parages, je pénétrai dans une pièce vide, le bureau d'un type. Ouais, j'étais bien au bon endroit. J'inspectai la fenêtre.

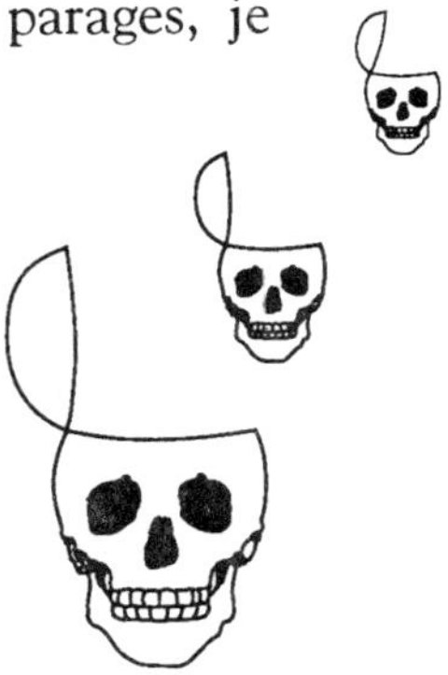

Elle fonctionnait grâce à un système à guillotine. Curieux, pour une construction récente. Bah, l'auteur de ce livre n'était pas un architecte, surtout à son âge. Je levai le crochet qui retenait la fenêtre et je l'entrouvris de quelques centimètres. Voilà, mon travail était terminé. Je quittai les lieux, en prenant bien soin de ne laisser aucune trace de mon passage et j'attendis l'ascenseur, en sifflotant. Les portes s'ouvrirent et je m'engloutis dans la cabine aux murs métalliques que je connaissais si bien. En route vers le rez-de-chaussée, au septième étage, l'ascenseur s'arrêta. Un critique littéraire y pénétra, l'air mal à l'aise. Il venait de se faire engueuler par son patron, ça se voyait. Je le fixai impudiquement, jusqu'à ce qu'il détourne le regard. Il se grattait partout, c'était pathétique à voir.

Il débarqua de l'ascenseur avant moi. Il quitta la

cabine le feu au cul, heureux de me fausser compagnie. Ce critique n'aimait pas les vieux. Bah, un jour il comprendrait. Il verrait. La cabine continua sa chute jusqu'au rez-de-chaussée, où attendait un petit garçon. Hé hé, sale gosse, je ne t'ai pas oublié.

Il n'aima pas mon clin d'œil et mon sourire vénéneux; il m'écrasa le pied au passage. Il ne perdait rien pour attendre, celui-là. L'ascenseur pris soin de lui et de son kangourou en peluche rouge, les emportant au Paradis, où les attendait une belle surprise.

Je sortis dans la rue et me plantai sous la fenêtre entrouverte. Une chance que j'étais là pour aider l'auteur en herbe qui écrivait cette histoire: il avait besoin de cette ouverture, au neuvième, mais il n'avait pas trouvé une bonne excuse pour en expliquer l'existence. Le Moine réparateur de trous, c'était moi.

Le nounours tomba par la fenêtre, enfin, et je suivis sa course vers la mort jusque sur la chaussée, où il rebondit plusieurs fois. On aurait pu entendre les pleurs du petit enfant. Mission accomplie. Prochain épisode: une escale en territoire étranger. En étais-je capable?

J'accostai un policier, enfin, la silhouette d'un pseudo-policier. Seule son arme était réelle. Sinistre roman. Je la lui volai, sans qu'il réagisse, et je me fichai une balle dans la tempe.

Le coup me plaqua à un mur. J'étais étourdi, mes yeux ne voyaient que du sang. Bordel que je visais mal! Je pressai la gachette à nouveau, visant cette fois-ci le milieu du front.

J'eus l'impression de foncer tête première dans un mur de briques. Je vis des étoiles et me ramassai sur le dos avec une migraine atroce. Quelqu'un pétrissait mon cerveau, la souffrance était intolérable. Mes tympans étaient crevés, un voile de ténèbres ensanglanté m'empêchait d'y voir clair. Mon cœur palpitait, pompant des litres de sang dans les trous béants de ma tête. Ma main gauche était secouée de spasmes tandis que l'intérieur de mes paupières me renvoyait des flashes stroboscopiques. La mort se refusait à entrer en moi. Tremblant, je m'enfonçai le canon au fond de la gorge et pressai la détente de toutes mes forces.

Ah! Mes amygdales venaient d'exploser, tout comme ma luette et la moitié de mon gosier. Je venais d'avaler un litre d'acide sulfurique, je brûlais vif. On me martelait la tête avec une pioche. Une sirène se mit à hurler dans mon crâne, annonçant la Troisième Guerre mondiale. Les débris de ma langue coulèrent sur mes joues. J'avais oublié à quel point il était difficile de se suicider, dans ce bouquin. Pourtant, la première fois, dans le métro, ç'avait été une partie de plaisir...

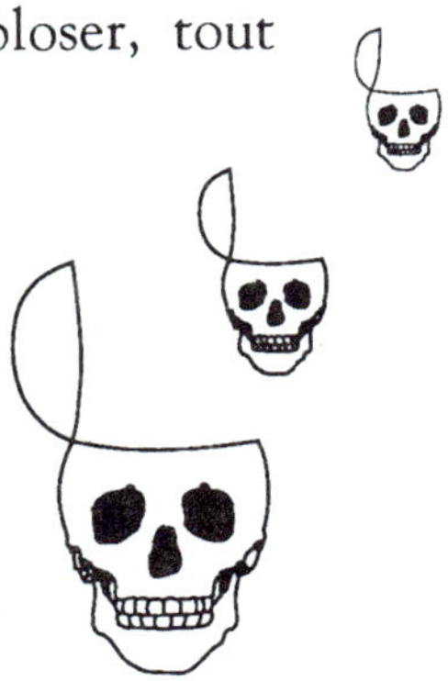

Vidé de toute énergie vitale, je hissai le revolver jusqu'à la fenêtre ouverte au-dessus de mes yeux. Le canon pressé sur la plaie pissant le sang, je forçai un peu jusqu'à ce que l'arme pénètre dans ma tête et se colle directement sur le cerveau. Je pouvais presque sentir le froid métallique s'imiscer dans mes pensées. Un spasme fit exploser le reste de ma tête.

Enfin, tout devint noir.

54

L'obscurité refusa de me quitter. J'eus une seconde d'inquiétude mais je compris rapidement que je me trouvais dans un cabinet non éclairé. Je pouvais entendre mon souffle. Ouf! Le silence était lourd, comme dans l'attente d'une tempête. Nous étions dans une église, mais pas n'importe quelle église: celle d'un autre. Sur ma poitrine, une bosse familière me rassura. Cet univers aussi était violent.

J'étais du bon côté de la loi, cette fois. Caché dans un confessionnal tandis que mon partenaire était dissimulé derrière une statue du Christ, mon fils. Une embuscade pour un terroriste qui avait rendez-vous ici-même avec un de ses copains. Hé hé!

Je me caressai le sein.

Faiblement au début, puis de plus en plus fort, des pas résonnèrent dans le lieu saint. Le petit innocent venait de mettre le pied dans l'antre du Dragon. Il était coincé: tout était déjà prévu, tout était déjà écrit.

Ma victime et son copain échangèrent un regard et ce fut le signal. Je sortis de ma boîte à surprises et, pistolet présidentiel au poing, je me précipitai vers les coupables. Le Bien avait triomphé du Mal.

Au moment où je passais les menottes au criminel, dont le visage ne m'était pas inconnu, je fus pris d'un fou rire. Ce gars et moi, nous avions un air de famille. Mais lui était écrivain et moi, je faisais partie de la Gendarmerie royale. C'est ça, la vie.

Dehors, le panier à salade mangea les deux prisonniers et je pus enfin me reposer. Dans un coin, une bière à la main et mon pistolet dans l'autre, je me logeai une balle dans l'œil et quittai pour toujours la page 163 de ce livre. C'était beaucoup plus facile de se suicider, dans ce bouquin.

Après un court séjour dans la nuit d'encre de l'Au-delà, je me réincarnai dans la rue, couché sur le bitume, mais sain et sauf. Une voiture fila en klaxonnant, après m'avoir renversé. Je me remis sur pied et je restai immobile, les poings sur les hanches. Devant moi, le Serpent se mordait encore la queue. Cette fois-ci, j'étais prêt.

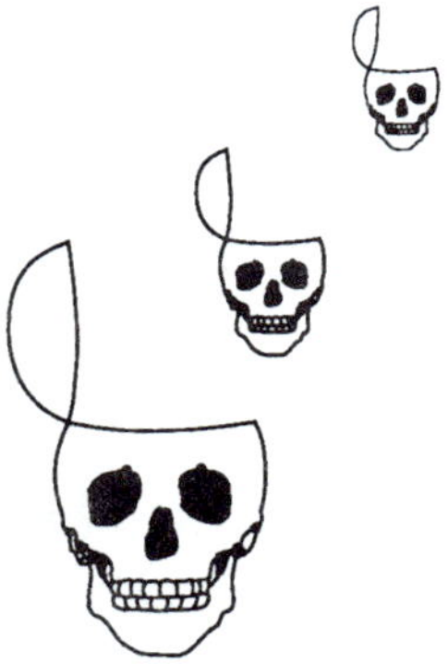

55

Le Monstre 99 paraissait étonné de me voir et il mit plusieurs secondes à recracher sa queue. Quelques écailles s'étaient logées entre ses crocs tranchants. Il me fixait, calme comme la mort. Avait-il peur, maintenant?

— Viens, Serpent. Je suis ton Maître.

Docilement il baissa la tête et me tendis la langue afin de m'aider à monter dans sa gueule. Je pris place derrière le volant. Longtemps j'avais attendu ce moment; chaque seconde en était un délice. Une fois assis, j'ajustai les rétroviseurs, sécurité oblige, et je jouai longuement avec les leviers de contrôle de mon fauteuil afin de le rendre le plus confortable possible. Mon cul avait bien mérité ce luxe, après toutes ces années d'ascèse. Puis, satisfait, je fermai les yeux et séparai les fibres de mes vêtements afin de les rematérialiser en uniforme de la Société des transports en commun. Mon crâne se couvrit de cheveux drus, coupés court. Un petit coup d'œil dans le miroir, une mèche à replacer, et la ressemblance était parfaite. J'allumai le contact.

— Hue, cocotte!

Lentement au début, puis de plus en plus vite, nous roulâmes sur l'autoroute, évitant les cadavres et les carcasses d'animaux. Mes réflexes surhumains nous firent naviguer sans encombre à travers ce labyrinthe de lions, de chevaux et d'éléphants morts, mais je décidai de ne pas contourner l'immense baleine échouée qui nous bloquait la route mais d'accélérer, et nous fonçâmes dans sa gueule béante et, tel Jonas, pénétrâmes dans ses entrailles.

L'obscurité était totale, mais bientôt une lumière apparut au loin, au bout du tunnel, comme une pleine lune dans un ciel d'encre. Le Serpent fonça et nous débouchâmes dans une station de métro, à la vitesse du son. Un corps se jeta devant nous, que nous écrasâmes sans ralentir, comme un vulgaire insecte, et notre course nous emporta dans le tunnel suivant. Plus loin, dans une autre station, un autre type sauta sur les rails. Dans sa chute, il me reconnut, et je lui souris. Il s'aplatit sur le museau du Serpent en éclaboussant partout.

Le circuit continua dans un autre tunnel et nous ressortîmes de la baleine de l'autre côté, par l'anus. La route, à cet endroit, était beaucoup mieux entretenue. Seuls quelques ratons et quelques marmottes jonchaient le sol. Je ralentis et poursuivis ma course à une vitesse de croisière plus raisonnable. À l'est, le soleil se levait.

J'attendis le Critique à son arrêt. Ce matin-là, il était en retard. Un problème de constipation, je crois. Il finit par arriver, tout surpris de me voir là, moi, un nouveau chauffeur. Bah, il s'habituerait. Il prit place à côté de la Branleuse et, encore ahuri, il jeta un coup d'œil à l'Incontinent, au Romantique, au Prêtre et au Motard. Tous étaient à leur place.

Nous roulâmes sans encombre jusque devant l'édifice familier. Le Critique se leva et sortit.

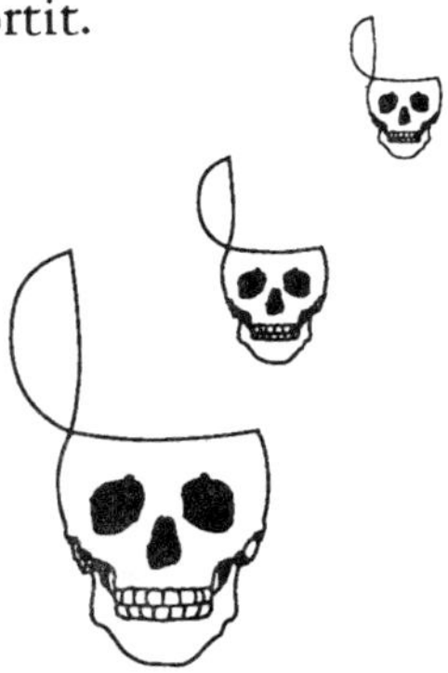

— Bonne journée au travail, monsieur le Critique!

Il hésita un instant, puis:

— Et bonne route à vous, monsieur le Chauffeur.

— À plus tard, si Dieu le veut!

Il s'en fut.

Une semaine passa.

Lorsque le Critique me pointa le revolver sous le nez, je ne pouvais plus attendre. Presse la gachette, pauvre con. Allez! J'avais hâte de voir ce qui m'attendait, de l'autre côté. Je m'efforçai de ne penser à rien. Rien. Je souris et vis les débris de mes palettes s'envoler alors que j'avalais la dernière balle de son chargeur. Crac!

Bip. J'ouvris les yeux

56

sur un plafond blanc. Oui, décidément, cette couleur convenait mieux que le noir. Pas de comparaison.

Mes yeux peinaient sous la lumière crue. Bip. Où étais-je? Au Paradis?

Une odeur aseptisée. Un mélange de médicaments et de mort. Bip. Oh! Oh mon Dieu!

J'essayai de tourner la tête, mais rien à faire, elle était coulée dans le béton. Je sentais une multitude d'électrodes plantées sur mon front, comme une couronne d'épines. Mes poignets et mes pieds étaient percés de tubes et de fils. Ma gorge était sèche, aucun son ne pouvait en sortir.

J'étais crucifié. Sur mon lit d'hôpital.

57

Une voix. Près de la porte. Je n'arrivais pas à entendre ce qu'elle disait. Elle chuchotait. Plus fort! Plus fort! Elle se tut. Des pas s'éloignèrent et on éteignit la lumière. L'obscurité m'envahit. J'étais tout seul, là-dedans. Mon corps entier me démangeait.

Une nuit complète passa ainsi. Mes yeux ne se refermaient plus, comme ceux d'un macchabée. Mes glandes faisaient des heures supplémentaires pour éviter qu'ils ne se dessèchent dans leur orbite. Le plafond était devenu noir. Par trois fois, une silhouette passa dans la chambre, puis s'en fut, malgré mes cris. Personne ne m'entendait.

— Laissez-moi sortir! Libérez-moi!

Chaque seconde, chaque centième de seconde se faisait sentir. Bip. Bip. Bip. Mon cœur électronique. Tic-tac. L'horloge de ma chambre. Crac. La tête de ma bien-aimée explosait.

À l'aube, on ouvrit le store mais soleil froid refusa d'entrer dans ma chambre funéraire. Je ne méritais plus d'être éclairé, je n'étais qu'un cadavre à retardement. Ce n'était plus qu'une question de quelques bip-bip. Mon métronome allait s'arrêter bientôt, je le sentais. L'infirmière vint vérifier les appareils qui m'entouraient, mes organes vitaux de plastique et de métal, elle les caressa, appuya sur quelques boutons, et quitta la pièce silencieusement, comme un fantôme. Elle n'avait pas remarqué les larmes qui striaient mes joues. Elle ne pouvait pas savoir ce que c'était.

Plus tard, un médecin vint m'observer. Une jolie femme dans la quarantaine. Elle était accompagnée de l'infirmière, qui lui racontait ses aventures. Si elles avaient su les miennes...

— Tiens, ses yeux sont ouverts!

Il était temps.

— En effet, en effet.

Je reconnaissais cette voix: je l'avais prise pour celle de ma mère, dans mon délire.

La femme médecin sortit de sa poche une petite lampe et l'alluma. L'ovni scruta mes pupilles jusqu'à mon cerveau, c'était douleureux à en hurler mais j'étais incapable de fermer les paupières. Puis le faisceau angoissant s'éteignit. Il laissa une empreinte rétinienne presque aussi éblouissante. Elle m'ausculta, et sur le métal de son stétoscope, je vis le reflet de mon abdomen. Mon nombril était revenu.

— Sans doute un spasme musculaire ou un réflexe qui aurait été causé par... quelque chose... mmmh... l'électro-encéphalogramme n'indique aucun regain d'activité cérébrale chez le patient... Fausse alerte, ma chère.

— Regardez, on dirait qu'il pleure.

— Autre réflexe. Tout à fait normal, celui-là. N'ayez crainte, il ne souffre pas. Il n'est d'ailleurs pas conscient. Ce bébé est cliniquement mort, madame, ses fonctions vitales sont maintenues par nos appareils. Comme ça, on pourra lui prélever des organes pour des transplantations. De toutes façons, il ne reprendra jamais conscience, car son... énergie vitale, ou son âme, appelez ça comme vous voulez, a quitté son corps, probablement au moment de son infarctus.

— C'est ce type qui a eu une crise alors qu'il était en train de...

— Oui, c'est bien lui. Ne vous moquez pas.

— J'ai entendu dire qu'il était critique littéraire, et que toute sa vie il n'a pas cessé de démolir les autres, particulièrement les jeunes écrivains.

— Je suis au courant. Mais un patient est un patient, nurse. J'ai fait le serment d'Hippocrate...

— Il a eu ce qu'il méritait, alors!

— Chut! Pas si fort! J'ai quand même fait l'impossible pour ramener ce bébé à la vie.

— Pourquoi appelez-vous tous vos patients «bébés»?

— Vieille habitude. Allez, venez, le type d'à côté doit être changé.

J'entendais tout. Je voyais tout. J'avais été Dieu. Le réflexe de mes glandes lacrymales augmenta d'intensité. Je ne demandais qu'une chance, juste une toute petite chance de me racheter. Était-ce trop demander?

Il était environ midi quand ma femme médecin nazie et miss Nightingale revinrent près de ma carcasse.

— Les papiers ont été signés.

— Bon. C'est mieux ainsi.

— On va pouvoir loger dans cette pièce des malades qui en ont vraiment besoin. Les contribuables ont assez payé pour ce bébé.

— Laissez les draps, je vais les plier moi-même, docteur. C'est mon travail, après tout.

— Merci, vous êtes bien gentille. Ah oui, j'oubliais: vous lisez beaucoup, n'est-ce pas?

— Comme toutes les infirmières, docteur. Mais je ne lis pas que des romans d'amour!

— Bon, eh bien, vous serez contente d'apprendre qu'on vient d'accueillir, à l'urgence, un écrivain célèbre qui a tenté de se suicider. Vous le connaissez sûrement, il est membre de ce parti indépendantiste, le...

— Oui! Oui! Va-t-il être transféré dans cette aile?

— Ici même, dans cette chambre.

— Chic! Mais comment a-t-il essayé de se...

— Avec des pilules. Et, comme d'habitude, il a mal dosé. Ils n'apprendront jamais.

On ne m'avait pas consulté. Je devais céder ma place à un inconnu. Quels papiers?

On commençait à geler, dans cette chambre. Et ces démangeaisons infernales, comment les faire cesser?

58

Le soleil se couchait quand une délégation entra sans frapper dans ma chambre. Ne vous gênez surtout pas. J'aperçus ma femme médecin, mon infirmière et quelques autres tortionnaires, aux mines patibulaires. Une femme était avec eux, je ne la voyais pas mais je sentais son parfum. Silencieuse, sa respiration était lourde. La pièce s'assombrissait, le plafond aussi. Personne n'allumait.

La femme, l'inconnue, brisa le silence.

— Il a l'air... tellement serein, maintenant. Je ne pensais jamais le voir comme ça...

Une vague de chaleur me parcourut des pieds à la tête. Oui, c'était elle. Elle. La vraie, pas son incarnation illusoire, pas son image pervertie. C'était elle. La femme de ma vie. En chair et en os. Sa voix était si belle. Elle n'avait pas changé.

Oh! ma chérie, prends-moi dans tes bras, aide-moi à me réveiller, laisse-moi te montrer que j'ai changé! Libère-moi de cette prison cruelle.

— Nous avons attendu votre visite avant de le... enfin... vous savez...

— Merci de l'attention. Je... voulais le revoir... une dernière fois. Il n'a plus de famille, vous savez. Pas d'amis, non plus. Je suis la seule qui... enfin...

— Nous allons vous laisser seule avec lui quelques instants.

— Merci beaucoup.

Les monstres quittèrent la salle mais pas elle. Elle resta à mon chevet, dans l'obscurité croissante, chaude et vivante à côté de mon corps moribond. Je comprenais très bien ce qui se passait. Je savais que je vivais mes derniers instants. Mais j'étais si content de les passer près d'elle.

— Salut, me dit-elle dans le noir, sans attendre de réponse. Tu ne me croiras peut-être pas, mais dans l'ascenseur, tantôt, j'ai vu un type qui te ressemblait. Il était accompagné d'une fille à poil, va savoir!

Elle se tut quelques instants.

— Je ne sais pas ce qui s'est passé, reprit-elle. Je ne sais pas à qui la faute. Ça n'a pas été facile pour moi non plus, tu sais.

Le son de sa voix réchauffait une dernière fois mon sang, auquel il ne restait plus qu'un tour de manège. Quelques battements à peine.

— Tout allait bien entre nous pourtant. Mais quelque chose a changé, je ne sais pas si c'est toi ou ma perception de toi. Qu'est-ce que ça change, de toutes façons, hein? On n'y peut rien, maintenant. Tout ça c'est du passé.

Elle s'arrêta un instant, incapable de retenir ses sanglots. J'essayais tellement fort de lui répondre, de lui donner signe de vie. J'avais tant de choses à lui dire. Et le temps passait...

— Si tu peux m'entendre, je tiens à ce que tu saches que je n'ai jamais cessé de t'aimer. L'autre ver de terre n'avait aucune importance pour moi. Quand tu lui as démoli le portrait, ce qui m'a peinée, c'est de te voir t'abaisser à user de violence, c'est tout. Je n'ai pas versé une larme pour lui. Mais lorsque j'ai lu tes critiques, lorsque je t'ai vu attaquer publiquement des gens, j'ai pleuré. J'ai pleuré car je souffrais avec toi, je voyais ton autodestruction en marche, je te voyais te démolir à travers ces écrivains. Jamais je n'ai voulu que tu souffres. Tu étais bien trop important pour moi.

«Tu vas me manquer, mon vieux. Car tout ce temps, même si on ne se parlait pas, je savais que tu étais là, quelque part, et que nous pouvions nous rencontrer par hasard dans la rue, un beau jour. J'espérais chaque jour, tu sais, à chacune de mes sorties je priais pour te croiser, comme ça, pour sentir ton corps près du mien, pour tenter d'entamer une conversation qui aurait pu déboucher sur notre réconciliation. Et nous voilà ensemble, mais tu ne peux pas répondre. Quelle ironie. Tu l'apprécierais sûrement, si tu pouvais, toi qui aimais tant le cynisme.

«Allez, maintenant. Je dois cesser de me torturer, c'est trop pénible. Adieu, chéri. J'espère que tu es heureux, au moins. M'as-tu pardonné, avant de mourir? M'en as-tu voulu toute ta vie pour ce que je t'ai fait? Oh! mon Dieu, si tu savais comme j'ai pu avoir des remords...»

Ses paroles moururent dans sa gorge. Elle se leva et me donna un baiser sur le front. Une de ses larmes tomba sur ma pommette. Non! Ne pars pas! Laisse-moi une chance! Je ne veux pas mourir! J'AI PEUR!!

Je t'aime...

Sa silhouette disparut, ne laissant derrière elle que ténèbres. La goutte chaude coula sur mes lèvres. Elle était salée. Ma langue voulut la happer, mais rien ne bougea. La larme s'évapora et mourut.

Quand les docteurs rentrèrent, je ne fis pas attention à eux. Une main habituée appuya sur un bouton, clic, et c'en était fait de ma vie.

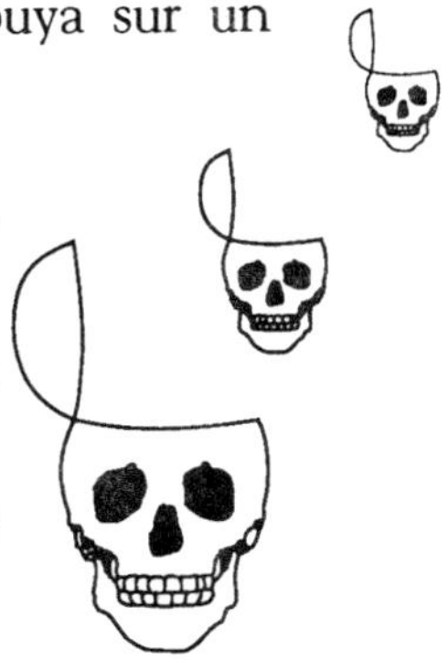

On venait de couper le cordon ombilical. Bip. Je comptais les battements de cœur qui me restaient. L'obscurité s'assombrit. Bip. J'avais froid. Bip. Voilà, c'était le dernier.

La chambre s'éloignait, je tombais vers les Enfers.

J'avais si peur de mourir.

Tout devint noir.

Noir.

59

Je flottais dans une mer d'encre. Noire comme ma vie. Noire comme mon plafond.

Le néant autour de moi était presque palpable, comme une boue infinie, comme une entité maléfique. J'étais tellement seul, là-dedans, que dès la première seconde de ma solitude je voulus hurler mon désespoir. Cela n'avait aucun sens. Où étaient tous les morts de l'histoire? Il y en avait sûrement assez pour remplir cet espace. Car j'étais quelque part. Ce néant était un lieu, pas un état. Je pensais, je sentais, j'existais, donc. Et puisque mon corps avait cessé de pouvoir accueillir mon âme, celle-ci avait donc été transportée ici, en ce lieu, quel qu'il soit.

À moins que cet espace indéterminé n'ait été mon âme elle-même, dans lequel cas j'étais conscient à l'intérieur de ma conscience, isolé des autres. Peut-être me trouvais-je au milieu d'une foule d'âmes perdues ainsi à jamais dans une introspection éternelle? Condamné à vivre avec moi-même pour toujours.

Non, la contemplation d'un avenir aussi vide m'angoissait trop. Il me fallait meubler cette solitude, la décorer, la peupler. Recommencer à zéro, tout réécrire. Remplir le vide. Soulager la douleur.

Il faisait noir, ici.

60

Dieu dit: «Que la lumière soit» et la lumière fut.

Dieu vit que la lumière était bonne, et Dieu sépara la lumière des ténèbres. Dieu appela la lumière «jour» et les ténèbres «nuit».

Il y eut un soir et il y eut un matin.

Et le sixième jour, Dieu créa l'homme à son image,
à l'image de Dieu il le créa,

homme et femme il les créa.

Et le septième jour, il se reposa. Mais pas trop, car il avait beaucoup de projets.

Typographie et mise en pages:
Les Éditions du Boréal

Achevé d'imprimer en août 1992
sur les presses des Ateliers graphiques
Marc Veilleux à Cap-Saint-Ignace, Québec